3 1994 01261 9760

11/06

SAN

D0895493

Carmen Boullosa

La novela perfecta
Un cuento largo

SP FICTION BOULLOSA, C.
Boullosa, Carmen
La novela perfecta

$21.50
CENTRAL   31994012619760

LA NOVELA PERFECTA
D. R. © Carmen Boullosa, 2006

ALFAGUARA

De esta edición:
D. R. © Santillana Ediciones Generales, S.A. de C.V., 2006
Av. Universidad 767, Col. del Valle
México, 03100, D.F. Teléfono 5420 7530
www.alfaguara.com.mx

- Distribuidora y Editora Aguilar, Altea, Taurus, Alfaguara, S. A.
  Calle 80 No. 10-23. Santafé de Bogotá, Colombia
  Tel: 6 35 12 00
- Santillana S. A.
  Torrelaguna, 60-28043. Madrid, España.
- Santillana S. A., Avda. San Felipe 731. Lima, Perú.
- Editorial Santillana S. A.
  Av. Rómulo Gallegos, Edif. Zulia 1er. piso
  Boleita Nte. Caracas 1071. Venezuela.
- Editorial Santillana Inc.
  P. O. Box 5462 Hato Rey, Puerto Rico, 00919.
- Santillana Publishing Company Inc.
  2043 N. W. 86 th Avenue Miami, Fl., 33172, USA.
- Ediciones Santillana S. A. (ROU)
  Javier de Viana 2350, Montevideo 11200, Uruguay.
- Aguilar, Altea, Taurus, Alfaguara, S. A.
  Beazley 3860, 1437. Buenos Aires, Argentina.
- Aguilar Chilena de Ediciones Ltda.
  Dr. Aníbal Ariztía 1444.
  Providencia, Santiago de Chile. Tel. 600 731 10 03
- Santillana de Costa Rica, S. A.
  Apdo. Postal 878-150, San José 1671-2050, Costa Rica.

Primera edición en México: junio de 2006

ISBN: 970-770-472-1

D. R. © Proyecto de: Enric Satué

Impreso en México

Todos los derechos reservados. Esta publicación no puede ser reproducida,
ni en todo ni en parte, ni registrada en o transmitida por un sistema
de recuperación de información, en ninguna forma ni por ningún medio,
sea mecánico, fotoquímico, electrónico, magnético, electroóptico, por fotocopia
o cualquier otro, sin el permiso previo, por escrito, de la editorial.

A Mike.
A mis hijos, mi adorada María,
mi adorado Juan.
Y a la memoria de Bioy Casares.

Capítulo uno

Sepa si alguien me preste atención. Tengo que decirlo, aunque ¿quién iba a creerme? Aquí entre nos, ¡ni yo! ¿Pues cómo?

Me van a tirar a locas. "Eso te pasa", dirán, "por leer tantas novelas de ciencia-ficción". La verdad es que ni he leído tantas. Pelis de ese tipo he visto más, las suficientes para que me puedan acusar de ¡uy, sí, cómo no!, pero tampoco las suficientes, la neta.

Nada diría. En boca cerrada no entran moscas. Aunque aquí, la verdad, ya entraron hasta el atasque, así que lo mismo da. Y moscas hubiera sido menos peor que lo que hube de hacer pasar por mi gañote.

Nada diría, pero qué más, aquí estoy diciendo. Me presento: soy un escritor flojo, un holgazán. Al empezar esto que aquí contaré, en octubre del año 4, mi mujer tenía años manteniéndome, como si yo fuera un escritor y punto. Ella es abogada litigante, trabaja en uno de los bufetes más respetados y bien establecidos de Nueva York (es un decir, en este pueblo todo es negociar y litigar, paraíso de abogados), en Park Avenue. Una sola vez fui a buscarla. Esquina con la calle 34, el piso 16 completo, los sillones de cuero color vino, la recepcionista negra, la legión de secretarias y asistentes blancas y

jóvenes, y tres jefes, uno de ellos mi Sarita, los otros
dos varones sesentones. El bufete se llama: Shimansky, Shimansky y —you got it!— Shimansky.

La conocí como se conoce en México a las
gringas: asoleándose en la playa en Zihuatanejo,
donde habíamos ido a comer a Playa de la Ropa.
Comenzaban las vacaciones de verano, toda la familia estaba reunida en nuestra casa de la playa.
Sintiéndome rico, tuve la puntada de cambiar nuestra salida tradicional al restorán El Burro Borracho,
que nos queda a tiro de piedra en Troncones, por
el del Hotel Playa del Sol. Acababa de publicar una
novela en inglés, la primera que había escrito en
esa lengua —y hasta hoy la única, porque no he
vuelto a publicar libro ninguno—, mi ánimo no
podía estar mejor, ni el de mis papás y hermanos.
Así que llegamos al restorán, ordenamos unos mar-
garitas y yo, en mi papel de tío soltero, bajé con mi
sobrina, que entonces tendría siete años, a visitar la
alberca, que es muy de ver. Ahí estaba otra también
muy muy de ver: la Sarita tendida al sol en una
tumbona, y tenía mi novela abierta de par en par
sobre sus piernazas. Fer, mi sobrina, le dijo: "Es el
libro de mi tío" y como vio que no la entendía se
lo repitió en inglés —mi mamá es mediogringa, en
casa se habla igual una lengua que la otra—, dicién-
dolo también con señas por si las. Así comenzó todo. Sarah entabló conversación con la adorable Fer,
luego conmigo, nos enteramos que era su viaje de
graduación, acababa de recibir su título, estaba con
tres amigas, flamantes abogadillas de Columbia.
Nos hizo el honor de deshacerse de sus acompañan-
tes y venir a compartir la sobremesa. Sedujo a mamá con su trato y con lazos de origen —mi abuela

y su abuela nacieron en Varsovia—. Esto fue hace doce años.

Nos casamos, nos fuimos a vivir al departamento de mi Sarita en el Upper West Side y, pensando establecernos más confortablemente, compramos esta casita juntando nuestras respectivas dotes (mamá me dio unos dólares que me tenía guardados, mi porción de la herencia del abuelo). Pagamos una verdadera bicoca, ¿quién iba a querer mudarse a Dean Street en 1992? Ya no era frente de guerra, pero todavía no muy de fiar. Hoy la casa vale una fortuna o dos, más bien tirándole a dos. Esto lo sabemos ahora, durante años creímos que habíamos hecho una burrada. Lo sigo creyendo, aunque la casa valga la fortuna dicha, ¡si lo hubiéramos jugado a la bolsa! Pero ésa es otra historia.

Apenas comprar la casa, pedimos a los inquilinos desalojarla —llevó tres años la historieta— y comenzamos a arreglarla despacito, sólo un trabajador ruso venía los fines de semana o los días que le quedaban libres —*el tiempo que te quede libre, si te es posible, dedícalo a mí*, si no había prisa, primero haríamos un departamento dúplex para rentar, luego el nuestro—, y muy quitados de la pena nos gastamos lo que gané con la novela en viajes para aquí y para allá, íbamos a donde nos apuntara la nariz cada que Sarah tenía vacaciones. Nuestra brownstone se dejó hacer lo suficiente como para poder rentar el dúplex pero, apenas ocupado, sacó a la luz toda su galería de problemas. Hubimos de cambiarle el techo del último piso (un incendio se había comido parte del anterior, sólo le habían pintado encima, como si no hubiera pasado nada), tratarle las termitas, lidiar con inspectores, reemplazar la

plomería, enfrentar la demanda del inquilino, rehacer el cableado eléctrico, poner nuevo barandal a los
tres pisos de escalera, cambiar el boiler, instalar nueva calefacción, lidiar con más demandas, luego con
la policía porque el hijo adolescente del inquilino
se las dio de delincuente... Los meses pasaban y se
complicaba la pesadilla. El inquilino dejó el dúplex,
previo un arreglo económico, por supuesto, que
pudo haber sido peor si no me acostara con abogados. Yo, sin ganar ni un quinto, encima me aventé
al cuadrilátero contra mi agente literario, entre que
porque no era yo capaz de entregarle lo prometido
y porque él insistía en recibir una plata que yo sabía redondo nomás no podríamos respaldar, si no
estaba avanzando una línea... Evito esa historia.

En un golpe de suerte, con lo que Sarah ganó
por ganar ya ni sé qué, reparamos lo elemental y
pudimos volver a rentar el dúplex. Con lo que entra de renta, lento pero seguro terminamos de arre-
glar el resto de la casa y desde entonces hasta hoy
la Sarah y la renta mantienen casa y todo lo demás,
incluyendo mis puros. Bueno, si fumara puros, pero sí los cigarros. No he vuelto a ganar un céntimo
que no sean los pocos dólares que todavía gotea la
novela, la uno, la única, la verdadera y la hasta aquí
llegué.

Encima —ya si estoy confesando diré todo,
¡pus lo digo!—, yo no intervine un gramo en la aven-
tura de la casa, excepto en contar nuestras cuitas al
que se dejara. Sarah fue y vino, demandó, recibió
demandas, nos defendió, hizo cuentas, organizó,
pagó, se hizo bolas con el ruso que hacía las repa-
raciones cuando le daba la gana (aquí los llaman
constructors) y otra vez fue y vino y se hizo la que

hacía y desorganizó y al final, cuando había que darle los últimos toques, la apariencia a la casa, intentó hacerme tomar decisiones. Porque ni ella ni yo somos duchos en lo de decorar o adornar y la verdad es que tampoco nos importa un bledo, aunque.

Encima, yo me emperré en que no dejáramos el depto de mi Sariux en el Upper West Side con cuantimil artilugios y sólo cedí porque el casero vendió la brownstone —sí, sí, veníamos de Guatemala para caer en Guatepeor— y el nuevo dueño nos pidió salir por la puerta con todos nuestros chunches pero a la de "ya se me van con sus cositas a la de ya se me van". El caso es que llegamos aquí hace preciso dos años, cuando el barrio ya estaba mejoradísimo, *gentrificado*, como dicen aquí. Somos nuevos, cuasi recién llegados.

Todo ha mejorado, menos yo. Al comenzar lo que aquí contaré, me había ido a pique y deveras. Si yo hubiera sido Sarah, ni loca cargo conmigo a Dean Street. Me habría dejado por ahí como pudiera. Pero aunque pasaran los años, aunque ella hubiera hecho una carrera brillante en el bufete del padre y yo ninguna hacia ningún sentido, ella estaba convencida —porque es gringa— de que cualquier día de éstos mi segunda novela sí va a pegar y ¡a ganarnos la lotería, señores! Yo pus cuál fe. Soy, como dije, flojo, un holgazán. No que escriba a lo flojito. Ni mi prosa tiene olanes o adornos —o no los tenía: no sé que resta de ella—, ni mis tramas hoyancos y brincos absurdos. Qué más daba, tenía años con mi bocota de escritor bien cerrada, apretada y tiesa la quijada barbuda, agarrada a los dentales superiores, exactamente (ya que en moscas andamos) como una mosca en el

techo: bien sostenida, a prueba de cualquier grave-
dad, agarrada duro.

Esto que está aquí no es algo escrito: me lo
digo a mí mismo en rafaguiux de palabras y ¡púlsa-
le esta tecla y l'otra! Lo hago porque no me aguan-
to cuanto traigo adentro de mí mismo, como mera
evacuación. No escribo: me desahogo. Sin esfuerzo,
sin ponerle coco, a lo diarrea.

Así ni prosa ni trama se me dieran a la flojilla,
yo no tenía motivo alguno de hacerme la esperanza
o el esperanzador de triunfos, como lo hizo por
años mi mujer, porque yo era el mero holgazán. Sí,
sí, escribía porque no sé no hacerlo, pero nunca algo continuo; esto de aquí, esto de allá y en la cabeza todo lo demás, a punto de estar maduro y llegar
completitito a la página. No me ha ido mal con la
primera novela. Diré que muy bien, vendió, vendió
y luego otra vez vendió, iba vestida no en beauty
sino con una de ésas portadas de letras brillantes y
en relieve, las que se ofrecen un instante antes de
pagar en los supermercados y en el mejor de los ca-
sos también en los aeropuertos. La mía se vendió
en los aeropuertos, los supermercados y hasta en las
librerías.

En una de ésas, habiendo buen clima de milagro, estando yo, como dicen por aquí, *stooping-
out* (que, aunque suene muy interesante, no quiere
decir sino sentarse frente a la puerta de la casa, el
trasero helándose o aplastándose en las escaleras), o
por decirlo en mexicano (a falta de ese tipo de escalera frente a nuestras casas), estando yo baboseando,
pasó un vecino con un perro que no había visto
nunca. El perro, un hermoso labrador, más negro
que las ropas de mi mujer (¿por qué *siempre* viste

de negro?), se dispuso a orinar contra el barandal de piedra de mis escaleras, literal en mis narices.

—¡Hi!

dijo el vecino, haciendo de cuenta que no había orines cayendo, ignorando una posible disculpa. Y pues yo contesté también:

—¡Hi!

desde mi escalón. Él traía en la mano una cajita de Altoids, esas pastillas blancas que la verdad me chiflan, y me la acercó abierta, ofreciéndome una.

Vi las pastillas reposando desnudas en el fondo metálico. Acerqué el pulgar y el índice pero me detuve a punto de hacerlos pinza al revisar las pastillas. Sólo había dos y no eran blancas sino algo grises.

—Try one! —dijo el güey, al verme dudar—. They're good. Let it disolve it under your tongue. The effect's much better.

Tomé la pastilla, me la puse bajo la lengua, como él recomendó. Metí la mano al bolsillo de mi camisa, saqué la cajetilla de cigarros y extendí el brazo para ofrecerle uno. Aquí nadie fuma, o cada vez fuman menos los ningunos que fuman. Él se me acercó, tomó el cigarro de la cajetilla, lo acomodó en sus labios y dio un paso atrás, alineándose otra vez con su perro. Encendí un cerillo y, como él no hizo gesto de acercárseme, me levanté de mi asiento.

Cuando se lo iba a poner en la punta del cigarro —perdón la expresión, que suena a albur, ná'a qué hacerle—, descubrí que ya estaba prendido. Me explico: el cigarro se habría prendido antes de que la llama del cerillo se le acercara a contagiarle fuego. Se prendió en frío, vamos. Reculé y me volví a sentar en mi escalón de piedra.

"¡Órale!", pensé, "¡mago!, ¿pues en qué circus trabajas, güey?"

Me contestó, en inglés:

—No, I'm no magician. I swear you won't find my name on any circus payroll... I've been working on...

Bajó la voz tanto que, para oírle decir que quesque no era mago y que no recibía su cheque de ningún empresario cirquero, me levanté de nuevo y me le volví a acercar como cuando lo del cigarro, pero apenas me tuvo al lado, me dijo:

—And you?

"¿Que de qué trabajo? ¿Yo? ¿Trabajo?", traduje en mi cabeza. Me reacomodé en el escalón y, por respeto a mi mujer, dije:

—I'm a writer. I write novels. I've published one in English.

Soy un escritor. Escribo novelas. He publicado una en inglés. Rápido respondí a la pelota lanzada al vecino con un raquetazo sordo en mi cabeza, un golpe de honestidad que no tenía por qué compartir:

"Pero en realidad lo que soy es un mantenido, un bolsón, un perezoso grandes huevos. Es una lástima, porque la novela que ando cargando en la cabeza es simplemente genial. Es genial."

Aquí, sin palabras, me engolosiné pensando en la susodicha. Sí, sí, sin palabras. Vi esta escena y la otra entre mis favoritas, si éste o el otro personaje... Aunque fascinado mirando pasar mi novela, regresé a mi flagelo: "¡Si escribiera la que tengo pensada, pue que hasta...!"

Y me largué con cavilaciones monetarias, y pegadito a éstas otras sobre cómo iba yo a tirarme la plata, a lo mejor para cobijarme de la triste cachetada que acababa yo de infligirme. En éstas estaba —precisamente, si no me falla la memoria, me imaginaba a bordo de un velero en la costa venezolana, a punto de llegar a Los Roques, el paisaje lunar del arrecife coralino, el mar turquesa, la luz plateada, y a mi lado pasaba un catamarán a la bio a la bio cargado de novias chulísimas, embikinadas, llevando copas espumosas en sus manos, las nereidas Dosequis—, cuando la voz del vecino me forzó a un aterrizaje forzoso:

—Stop! Stop, stop!

Tenía los ojos chinitos, como que el sol lo deslumbrara, que no podía ser el caso porque apenas se le veía el rabito al maldito astro tacaño. Sí, era un día bastante enchílamela, pero aquí la luz nunca pica demasiado; no que estemos tan mal como en Berlín, pero... No tuve tiempo de juzgar su gesto verbalmente porque el vecino de un hilo ató a sus estops esta frase:

—Let's do it! —casi gritó este "¡la hacemos!"

—What? —le pregunté, qué, qué hacemos.

—Your new novel. I'll not only spare you the effort of writing it, but also...

Lo traduzco, para qué lo dejo en cuasi inglés si terminaré poniéndolo en nuestra lengua: "¡Manos a la obra! ¡Tu novela! No sólo te voy a ahorrar el esfuerzo de escribirla, sino que verás que nos queda genial." Y, cambiando el tono, escupió un brevísimo paréntesis que digo en inglés porque no sé cómo dar el tono: "Oh, by the way, I hate sailing! It gives me the creeps!", algo así como: "Por cierto:

odio velear, me pone la carne de gallina." Y siguió: "No sólo te ahorro el pain in the ass (no, no dijo pain in the nada), la lata de escribirla, sino que con mi software (¿dijo software?, no, no dijo software) tu novela será más vívida y eficaz de lo que ha sido la de ningún escritor en toda la historia. No te cobro nada, ni un quinto, y los dos ganamos. Es para mí la confirmación de mis experimentos. Digamos que la prueba final. Ni yo te... cobro a ti, ni tú a mí. Encima, de lo vendido cobrarás tus derechos, como si fuera libro."

Pausa.

"Estoy hablando en serio —siguió—. ¿Tienes de verdad toda la novela en la cabeza? ¿Todos los detalles?"

A estas alturas ya nos habíamos sentado los dos en las escaleras, los dos muy stooping-out, el labrador babeaba en nuestras narices. Le clavé al perro un instante los ojos, porque me pareció que no era perro sino perra, y eso no podía ser, pero sí, ¿era perra? Yo fumaba pero él no, se contentaba con detener el cigarro encendido a una buena distancia de la cara, jugueteándolo como un exfumador. Estaba a punto de perderme en mis conjeturas de perra o perro, sin ánimo de moverme un centímetro para comprobar que de pronto me había parecido ser perra y no, como estaba seguro, perro, cuando adiós fumadita meditativa, porque el güey arremetió:

—This is how it works:

"Te voy a ahorrar explicaciones que no creo que te interesen un bledo. Yo puedo hacer que tus lectores te lean tal y como tú lo imaginas sin que las palabras los separen de lo que tú estás queriendo decir, expresar, imprimir. Porque a mí que no

me vengan con que las palabras son the real thing,
cuál lo mero mero, la neta es que ésa es pura shit,
basura que quién pasa a creerse. No lo digo por ignorante. Mis primeros años (dijo literal: *I majored
in English at Yale*) en Yale, los hice en literatura in-
glesa, era mi pasión. No la he perdido del todo:
"She walks in beauty…"

Se largó a citar a Byron como quien no quiere la cosa, no como recitando a lo cursi, sino diciendo las palabras como si jueran de deveras (y que
quede claro: dije "jueran" aunque fueran):
"…like the night
Of cloudless climes and starry skies;
And all that's best of dark and bright
Meet in her aspect and her eyes."
(Ella camina arropada —¿envuelta?, ¿vestida?—
en su belleza, / como la noche de cielos desnudos y
estrellados; / y cuanto es bueno en la oscuridad y en
la luz / se encuentra en su aspecto y en sus ojos.)

El cigarro seguía intacto en su mano, del mío
ya no quedaba sino la puritita colilla. La aplasté
contra mi escalón y la metí en donde se guardan
para no dejarlas tiradas a la entrada de casa: una cajetilla metálica con una tapa cuca que sella perfecto.
La cajetilla, por cierto, me encanta: tiene la repro-
ducción de una pin-up de los cuarentas, una delicia
de rubia tetona sonriente. La cargo siempre conmigo porque, claro, está prohibido fumar en nuestro
hogar, this is a non-smoking enviroment, nomás
faltaba, si mi Sarita Sarita es, qué otra se podría es-
perar.

En el instante en que mi colilla quedó atrapa-
da con sus compañeras, mi vecino me acercó a la
cara el cigarro que yo le había regalado y me dijo:

—¿Ves?

"¿Cuál ves, güey?, ¿qué te traes?", pensé. Agitó frente a mi cara su maldito cigarro virgen, hasta estacionármelo directo frente a los ojos. Lo revisé. Estaba intacto. No tenía huella de haber cogido fuego. El cuerpo estaba algo estropeado de haber sido manoseado de lo lindo, pero por lo demás era un cigarro nuevo.

"Come over to my place tomorrow, we'll work…"

Dejó la frase interrumpida. Hizo el gesto de levantarse de nuestra escalera, pero le dije "hold", "espera" y retomé el Byron que él había comenzado a recitar:

"Thus mellow'd to that tender light
Which Heaven to gaudy day denies.
One shade the more, one ray the less,
Had half impair'd the nameless grace
Which waves in every raven tress
Or softly lightens o'er her face,
Where thoughts serenely sweet express
How pure, how dear their dwelling-place."

(Madurado así bajo esa luz delicada / que el Cielo le niega al vulgar —¿romo?, ¿chato?— día. / Un ápice más de sombra, un rayo menos / habría disminuido —¿mermado?— esa gracia sin nombre / que se agita en cada crencha —¿gajo?— de cuervo, / o que suavemente ilumina su cara /, donde los pensamientos serenamente expresan dulcemente / cuan pura, cuan querida es su morada.)

Añadí: "Nomás no puedes decir que las palabras no sirven para nada, cómo…", y de un hilo que me largo con un golpe de Eliot:

"…and through the spaces of the dark

Midnight shakes the memory
As a madman shakes a dead geranium."
(...colándose en los espacios de la oscuridad,
/ la medianoche remueve la memoria / como un
loco que agita un geranio muerto.)
"No, no, no, no estoy diciendo eso", me contestó muy enfáticamente. "Las palabras son de lo
mejor que hay para mentir o para hacer poemas.
Pero no para retratar con precisión la verdad; no para narrar; no para explicar. Son herramientas torpes
para la honestidad, para el cuento, para la ciencia.
Más que torpes. Durante siglos las hemos usado para mentir o para explicar lo que simplemente no cabe en las palabras; eso sí que sí, ni que qué".

Paró para tomar aire y yo me le colé, por respuesta me largué con la siguiente estrofa de Byron:
"And on that cheek, and o'er that brow,
So soft, so calm, yet eloquent,
The smiles that win, the tints that glow,
But tell of days in goodness spent,
A mind at peace with all below,
A heart whose love is innocent!"
(Y en esa mejilla, y sobre esa ceja, / tan tiernas, tan calmas, pero elocuentes, / las sonrisas adorables —¿espontáneas?, ¿irresistibles?—, los tintes
que brillan —¿los rasgos que infunden serenidad y
bonanza?—, / hablan sólo de días pasados en bondades, / una mente en paz con todo lo bajo, / un
corazón cuyo amor es inocente!)

Rematé mi intervención pidiéndome en silencio:
"¡Que no explican, que son puras mentiras!,
¡no mames, güey!"
Me contestó:

—"The moon has lost her memory" —su respectivo golpe Eliot, "la luna ha perdido la memoria"—. En ningún momento quiero decir que son inútiles. El universo verbal es otra cosa. Pero dejémoslo donde va, que se quede donde le toca y oye, nomás oye lo que acabas de decir. ¿Cuál de eso hay, dime? El poema es lo que es. No es el caso de una novela, o por lo menos no de una como las tuyas, si es que esta segunda se parece a tu *Blond Flame*.

¡Ah! ¡Conque el güey me había leído! Entonces, ¿para qué se hizo el que no sabía, para qué preguntarme en qué "trabajo"? ¡Cabrón!

—Si tú en verdad tienes ya toda la novela en la cabeza, ¿para qué escribirla? —hablaba como mirando al cielo, con un gesto que me parecía algo arrogante pero también tímido—. Mejor imprímela tal cual es en tus lectores, y garantízate de paso una lectura impecable que, por una parte, la gente no sabe leer, lee de lo más mal, y por otra (acéptalo) las frases son siempre coladeras, siempre tienen hoyos, siempre hay un espacio, así sea infinitamente pequeño, donde el lector puede escurrírsele al autor y caminar para donde no debiera... ¿No has visto las cosas que se preguntan tus fans en tu site? Comprendo perfecto tu holgazanería, simpatizo con ella. ¿Quién no va a sentir arrebatos de pereza ante una labor como ésa? ¿Para qué matarte escribiendo (porque vaya que es sobarse el lomo a lo albañil, una pesadez fastidiosísima, ahora *encima* una perdedera de tiempo), si luego nadie ni va a entender o apreciar? Y ¿quién tiene tiempo y espíritu hoy, como están las cosas, para de verdad LEER? Ya no va. Eso se acabó. Ir al cine se va poniendo también fuera de foco. El mundo virtual es a lo que hay que apostarle, pero sin menoscabo de la imaginación, inteligente y literaria. ¿Me sigues? —volteó a verme, bajó la vista de sus cielos y me la clavó en los ojos—, sí, me sigues. Con un golpe de dados no aboliremos el azar, pero sí mostraremos al mundo sus verdades o, por lo menos, certezas verídicas. Lo que te propongo es que hagamos tu novela tal cual es, tal como tú la ves en tu cabeza, tal como la cargas íntegra en tu imaginación, sin robarle una frase, un parlamento, una imagen, un sentimiento, una sensación, una idea, sin quitarle un pelo a su atmósfera... Idéntica a sí misma. El espejo fiel, y *ya leído*, de tu novela. Digamos (aunque esta explicación es demasiado reductora, pero de algo sirve), como una película que supiera ser cien por ciento fiel a tu idea, pero infinitamente más precisa que una película. No sólo porque si se filmara tendrías que contar con que de seguro el guionista te va a traicionar y el director y el productor van a hacer su porción de lo mismo, todos van a querer satisfacer quién sabe qué otras cosas con las que tú no tienes negocio alguno —y esto dejando de lado las tonterías o faltas de talento y torpezas y errores—, sino por las limitaciones del medio, porque el cine es genial pero es cine, no La Novela y mucho menos el contenido completo de la imaginación que un día albergó el cerebro del artista... Simplemente, digo, porque el cine es un medio limitado al lado de La Novela, se mueve mucho más lentamente, tiene menos espacio de pensamiento y emoción... No, no quedaría como una peli, aunque sería un poco como si fuera una peli en súpersensoround y sin babosadas del director ni malos actores, ni otra vez las caras de siempre. Imagina, con cambios precisos de luz, con acercamientos y alejamientos y todo lo que sea necesario para comprender y vivir tu historia en total plenitud, pero también con ideas y con emociones y con esa pausa que hay siempre en las palabras y con un mundo sensorial completo: olfato, gusto, tacto, sensación, intelecto, palabras, sugerencias, sombras... eso que es la densidad literaria... quedaría como podría quedar afuera de ti una lectura precisa y astuta, como tú sueñas que sea una lectura, como tú la ves. No sólo para los ojos: para toda la imaginación, para todos los sentidos, y no frenada al tiempo que necesitan los ojos, porque los ojos son como tortugas comparadas con el resto de uno, ¿no? ¿Verdad? Yo he dado en el clavo de cómo transmitir el imaginario de una persona en un lenguaje menos limitado que el verbal, sin excluirlo. ¿Qué te parece? ¿En mi casa mañana?, ¿sí? Di que sí.

Asentí con la cabeza.

—¿Entonces? ¿A qué hora escribes?

Le respondí con una sonora carcajada, diciéndome en silencio:

—¡No mames, güey, si no escribo nunca!

Capítulo dos

Sólo por no dejar (una mezcla de inercia y curiosidad por ver cómo es por dentro la casa vecina), fui a la cita a la mañana siguiente, cuando di por terminado el ritual matutino que, con los años y la pereza crecida, se ha ido extendiendo a proporciones inverosímiles o —y esto es lo que me irrita— *femeniniles*, aunque la verdad es que femeninininiles, o ya ni lesfemeniles. De hecho, esa mañana hasta me apresuré, llegué sin rasurarme, a eso de las 11:30. Y digo "fui" como mero ejemplo de mi proclividad a la desmesura, porque lo que hice fue salir de la puerta de mi casa, caminar los tres pasos reglamentarios para poder encender un cigarro, dar un paso más y aspirar tres veces de mi pitillo, apagar el cigarro casi intacto mientras subía los escalones de la casa vecina, meterlo en mi guardacolillas y tocar el timbre. Entonces caí en la cuenta de que no le había preguntado por su nombre —a él no le hacía falta el mío, me había leído—, pero ni falta hizo decir a quién buscaba, como si el portero electrónico enseñara mi imagen, alguien apretó el botón que abrió la puerta, al tiempo que una voz dijo "Watch your step!" Entré. Con las dos manos en la espalda aseguré atrás de mí la puerta en lo que los ojos se acostumbraban a la luz interior, todavía con la cajetilla metálica en la mano. Abrí la segunda puerta de la entrada y, al ver lo que me esperaba, no pude contener un "¡Guaaauuu!", se me salió de la boca. Cerré esta puerta atrás de mí y apoyé la espalda contra ella.

La casa (una brownstone de cuatro pisos más el sótano, como la nuestra) carecía de toda división interior, no había una sola pared, tampoco pisos entre los niveles, ni siquiera separando el sótano. Era un inmenso cascarón vacío, pura piel o sólo el esqueleto del XIX al que se le veían (como cuando tumbamos la pared del baño para rehacer la cañería) ladrillos de tamaño y disposición irregular, tiritas de madera acomodadas como por mano infantil y juguetona, el dibujo secreto, la hechura al desnudo. Frente a mí y del otro extremo, contra la pared posterior y unos tres metros abajo, había una plataforma de unos cuatro metros cuadrados, hecha de alguna resina o plástico transparente, cubierta con un amontonadero caótico de computadoras, cables y chuchufletas electrónicas. La luz entraba por las ventanas frontales y posteriores, alineadas tres al frente y tres al fondo en cada nivel, doce en cada costado del edificio, veinticuatro fuentes de luz, algunas mucho más largas —las que corresponderían al segundo piso—, otras más anchas —las del primero, especialmente las que daban al jardín—, dejando entrar la luz del día a chorros puros que al llegar se convertían en un bloque color rojizo; teñido por los ladrillos se solidificaba. Daba el efecto de que sólo esa luz rojiza sostenía al cascarón, caverna enorme. En el centro del dicho bodegón corría una estructura transparente, que alguien podría tomar por una escalera de caracol. No tardé en darme cuenta de que subía y bajaba, crecía hasta el techo o se encogía desapareciendo en total silencio.

Un paso delante de mí, no había dónde poner los pies. El vecino me sonrió desde la plataforma de los electrónicos y, sin dejar de hacerlo, sin él moverse un ápice, se desplazó, se me acercó sentado sobre su asiento. "¡Dejad que el asiento se acerque a mí!", el acto me hizo darme no sé cuánta importancia, como si anduviéramos entre cristos o vayan a saber qué prodigios. El asiento, digamos, volador, de dos plazas, llegó a mí en un santiamén. Con un gesto, el vecino me invitó a subir.

Debo confesar que estuve tentado de darme la media vuelta y echarme a correr. ¿Esto era la casa de mi vecino? Creo que algún día vi pegado en la ventanita de su puerta uno de esos carteles que dicen "I LOVE BROWNSTONE BROOKLYN. NO TO RATNER'S ARENA!" ¿Y esto era una brownstone de Brooklyn? Are you kidding? ¡Qué tomadón de pelo!, era todo menos eso, un huevo rojizo y vacío... Esperaba —aquí entre nos— topar con un piso atestado de trebejos, los más baratijas engañaojos, olor a meados, cuando más un dúplex. Y no: el vecino tenía para sí la casa completa, y la tenía vacía, sin paredes ni pisos intermedios, tan vacía que ni casa era.

Me subí a su lado, en el asiento de su diestra, y nos deslizamos de regreso a su tapanco. Ahí él se bajó, yo lo imité, caminamos un par de pasos entre un bosque de computadoras y máquinas extrañas, cajas con botones y sin éstos, teclados, bocinas, y salimos por la puerta trasera —de vidrio, yo la había incluido en mi cuenta de ventanas— hacia el jardín.

Al regresar al aire libre, me golpeó más fuerte el baño rojizo en que acabábamos de estar sumergidos, y tal y como mi boca había hecho un "¡guauuu!" al ver el huevón colorado, dejó escapar algo que pareció un quejido, dejó salir el aire que había contenido adentro, sonó algo así como a un "crack" apagado.

Mi vecino giró a verme y volvió a sonreír.

—That's my workplace.

—Pues qué oficina te largas, güey... Shtás cabrón...

Se rió. "Es donde trabajo", me explicó, "vamos por un café a mi casa" y diciendo y haciendo, recorrió el jardín a lo largo con largos trancos y, antes que yo lo alcanzara, abrió la puertecita de la cerca que lo conectaba con el otro jardín trasero, el de la casa que daba a la calle paralela. Le seguí los pasos corriendo corriendito, y apenas estuve a su lado, me dijo "Cuidado con la cabeza" y traspuso la puertecita y hete que había ahí, entre los dos jardines, una pérgola, y encerrada bajo un túnel de enredadera (las dos caras de la cerca cubiertas de hiedra, y encima de éstas una techumbre también vestida de hojas) una *ambientación*, por decirle así, de un jardín de antaño, el reclinador o chaise-longue de mimbre, la fuente medio a la japonesa que cantaba el tip tip tip de la gota de agua —¿a poco no me salió chula esta frasecilla?, la espeté por no escupir *una fuente sonora*, pero ésa es la que le va, la dariana auténtica (y si digo Darío, digo más, porque encerrados ahí en ese refugio de hojas recordé los versos:

¡Oh, la selva sagrada! ¡Oh, la profunda emanación del corazón divino

de la sagrada selva! ¡Oh, la fecunda
fuente cuya virtud vence al destino!
Los dije en voz alta, en una muy neat traduc-
ción que he hecho de éstos al inglés, pero no le dijeron nada al vecino: por más educados que sean,
los gringos ignoran totalmente nuestros clásicos.)
Si no está mal mi cálculo, este refugio escondido
quedaba exactamente en el corazón del corazón de
la manzana. Sí, había que cuidarse la cabeza: la techumbre de hiedra no era demasiado alta, debía
caminar agachado para caber en este refugio escondido para mí y para cualquier vecino, no había
cómo descubrirlo, quedaba escondido de los mi-
rones de las ventanas. No nos detuvimos sino lo
suficiente para que yo dijera los cuatro versos, tras-
pusimos la puertezuela de la siguiente cerca y entramos al otro jardín. "Come", me dijo, "let's go
home". Home? Go? No entendí de qué me hablaba,
pero él me contestó con sus pasos: caminó ligerito
ligerito cortando a lo largo este segundo jardín hasta
llegar a la puerta trasera de la segunda casa. Ahí, al
tiempo que la abría, volvió la cara hacia mí y, viéndome clavado mirarlo, exclamó un "Come on!" ¿No
sólo era dueño de la casa completa que quedaba al
lado de la mía, de sus cuatro completos pisos, sino
también de la que estaba al otro lado de la manzana,
la que daba a la calle paralela a la nuestra? ¡Como están los precios de los bienes raíces! Caminé hacia él
diciéndome en silencio "¡Este güey tiene que ser millonario!", y en voz alta, porque no se me ocurría otra
cosa, le dije: "If you own both houses, you must be
a billionaire!"
　　　—Oh —contestó— it's all a romantic mess.
My parents met when they were kids and neighbors,

you know... "Es un enredo romántico, mis papás se conocieron de niños, pasaron la infancia saltándose la cerca que dividía los jardines de sus casas. Como los dos eran hijos únicos y sus cuatro papás trabajaban, tuvieron tiempo libre y de sobra para acompañarse. Por eso se embarazó mi mamá a los 16. Pasó de sus pañales a los míos sin ni tiempo. Soy su hijo único. Y sí que es romántica su historia: siguen casados. Viven en Miami."

—¿Así que las dos casas son tuyas?

—Of course!

"Of course? My horse!", me dije adentro de mí. "¡Aquí no hay motivo de ningún of course!"

Porque ya habíamos entrado a la segunda casa. Era como yo había imaginado la suya de Dean: un mierdero desordenado y sucio que no dejaba ver ninguna belleza en el inmueble enterrado bajo un sinnúmero de triques, lámparas descompuestas, sillones desvencijados, papel tapiz rasgado, cortinones sucios de colores deslavados por el sol, mesas apoyadas para no caerse contra las paredes de papel tapiz de colores que algún día fue pastel, sillas de mil tipos, todo bañado en hedentina, como imaginé, olor a orines que no serían necesariamente de gato: cuando compramos la casa, también olía a esto y sólo dejó de apestar cuando pelamos la pared del baño y descubrimos que la cañería al descender formaba una eSe, de cuya curva goteaba o francamente chorreaba el origen de la peste. Hasta el piso estaba podrido de tantos meados que venían lloviéndole por décadas.

Yo por lo mismo, de haber tenido plata —ya dije: nos tiramos el dinero de mi novela a lo loco y lindo, paseando por el un día lejano oriente haciéndonos los lunamieleros—, habría elegido vivir en algún condo decente en Tribeca, si lo peor una bodega vieja vuelta loft modernísimo. Todo menos esta batalla con mierda centenaria. Pero ni hablar del asunto.

Habíamos entrado, pues, al piso que daba al jardín, a la cocina. Mi vecino puso a hervir agua en un cacharro de peltre azul, sobre una hornilla que ni de tiempos de maricastaña. Vació café en grano de una lata mugrosa sobre una caja negra que resultó ser un molino manual, le calzó la manija como si fuera un sombrero, una verdadera antigüedad que a mi mujer le encantaría poseer. Porque poseer es algo que le gusta a ella. No es lo mío, en cambio. Yo lo único que quiero es un poco de suerte, jugar, no perder, y ... Pero basta, me desvío:

Echó el café molido en un percolador de tela (¡hacía cuánto que no veía uno de esos!), lo puso en la boca de una jarrita blanca también de peltre, con una florecita pintada en la barriga, el borde abollado y bien despostillado aunque todavía se le veía lo negro y, apenas rompió el agua a hervir, la filtró.

Luego, de un cajón atiborrado con lo más variopinto (alcancé a ver un martillo, la tapa metálica de una olla, un trapo arrugado de cocina), sacó dos tazas y en su muy dudosa limpieza nos sirvió el café. Cada quien llevando su café, subimos las escaleras siniestras —no llegaba la luz natural, no había foco que iluminase— hacia el siguiente piso, al nivel al que yo había entrado en su otra casa, el que queda al término de la escalera de la entrada principal, yo pisándole los talones y con los ojos clavados al piso, pensando: "¡En la que me metí, estúpido!", y sin darme cuenta entramos al parlor-room. La sala, el Señor Salón, era como para aparecer en una revista de decoración de interiores: el medallón original de yeso, el espejo de piso a techo entre las dos ventanas del frente también del año del caldo, las "pocket-doors" entreabiertas semidividiendo el estudio de libreros de caoba arropando un piano al centro. Los muebles y las lámparas del salón eran "de diseño" contemporáneo, no vejestorios engañabobos, sino elegantes, ligeros, de muy buen gusto, como comprados en una butik de muebles carísimos, de ésas que les encanta visitar a mis cuñadas cuando vienen de visita, en la Catorce muy al oeste, allá donde fue el butcher district, no las que conoce todo el mundo: las verdaderamente exclusivas. Como de revista, repito, pero no para señoras fodongonas de clase media, sino para el jetset. ¡Qué lugar! Hasta el más impermeable a esas cosas se habría quedado boquiabierto. Incluso el olor pegajoso se sentía aquí mucho menos. El objeto más espectacular era la mesa de centro, de forma irregular, patas metálicas, la superficie de madera d'pitahaya o algo todavía más exótico.

—This is my place!

Lo dijo muy complacido. Y explicó: "El primer piso, el que viste abajo, es el territorio de mi nana. A ti, que eres mexicano, puedo contarte sin pararte los pelos o provocar un escándalo que la nana que me cuidó de niño y que cuidó a mi mamá de niña en Savannah vive aquí en mi casa. Ya no ayuda gran cosa, más bien ahora yo me hago cargo de ella. Ése por el que entramos es su piso, yo tengo mi cocina en el siguiente, el que sigue arriba. Abajo no meto mano si no es para rara vez hacerme un café, prefiero salir a comprármelo. La otra casa, la que es la vecina de la tuya, la de Dean Street, es mi laboratorio. Debí citarte aquí, en Bergen, pero así de pasadita te voy explicando todo... sí, te robé más tiempo así... aunque creo que el tiempo no es tu problema, ¿o sí es?", dijo riendo entre dientes. "¿Estás listo? ¿Podemos ir a trabajar?"

El café, para mi sorpresa, estaba buenísimo: un buen café fresco perfumado, como los de mi tierra. La sazón del viejo calcetín percolador y el cochambre de las tazas...

—Sí, sí —creo que musité—, tengo la novela completa en la cabeza.

Terminamos el café con nuestras bocotas bien cerradas, como si ya no tuviéramos de qué hablar. Salimos de esta casa por la puerta por la que habíamos entrado en su retaguardia, hacia el jardín. Enfrente y unos pasos a nuestra izquierda quedaba la mía. Reconocí las persianas de nuestro inquilino, el mamón al que rentamos el dúplex del primer y segundo piso.

—Come on!

La llamada de atención del vecino me sacó de mi contemplación. Recorrí con él el primer jardín, cruzamos la cerca divisoria, luego caminamos el segundo jardín —serían en total, imagino, unos treinta pasos— y me volví a detener un momento, a mirar hacia atrás. Conté los árboles añosos: entre los dos jardines, nuestro vecino poseía siete. Nosotros teníamos cinco, ¡proporcionalmente, nosotros ganamos!, sólo en la mitad del territorio teníamos cinco y dos eran sicomoros... Satisfecho por mi pequeña victoria proporcional, entré con él al galerón de luz rojiza que ya describí. Regresamos a nuestros dos asientos. De inmediato mi vecino los puso en movimiento. Nos elevamos unos cuatro metros, giramos para dar la espalda a las ventanas.

—Ponte el cinturón —me dijo—, por si las...

Sacó dos mesitas de los brazos de los asientos, como las de los aviones, sólo que eran de la misma materia transparente.

—Pon aquí las dos manos extendidas.

Lo hice.

—Voy a colocarte un sensor bajo la lengua. Lo he conectado a un casco que sirve sólo para que no se mueva, para que puedas cambiar la posición de tu cabeza cuantas veces quieras sin que te desconectes. Si te molesta el casco, tengo también una diadema, tú dirás. Las señales que envíe tu cerebro pasarán por los nervios que están bajo tu lengua, éstas se transmitirán de inmediato a mi disco, donde, ya que las revises, las guardaremos. Señales acústicas, señales visuales, olfativas, táctiles... ¿Entiendes?

Ni tiempo de entender ni pío. Al tiempo que me explicaba, enseñaba los objetos, el casco —que parecía precisamente el de un electricista—, los cables colgándole, las puntas planas de los dos sensores...

—Abre la boca.

La abrí.

—Ahora levanta la lengua. No te va a doler, pero recuerda que es un área extremadamente sensible. No te muevas en lo que sujeto los sensores.

Lo obedecí a pie juntillas. Puso algo bajo la lengua, nada molesto, sólo frío. Al acomodarme uno de los sensores pasó algo que provocó una producción excesiva de saliva y salió un chisguete de ésta de mi boca abierta, como una fuente.

—¡Perfecto! —exclamó al ver surtir el chisguete. Luego sujetó algo a mis sienes, como una
corona. Volvió a ajustar lo que estaba bajo mi lengua, brincó fuera otro chisguete para el que ya no
hubo el aplauso del calificativo.

—Ya. Comienza. Dite tu novela, dítela a ti
mismo... Imagínala como es. No necesitas ponerla
en palabras. No debes ponerla en palabras. Vela,
siéntela, huélela: pásala en tu cabeza. Vela, vívela,
precísala. Tal como la imaginas. No corras prisa.
Vela, mírala, visítala como es.

Cerré los ojos y empecé a hablar adentro de
mí, relatando la novela, no más de tres minutos. El
güey me detuvo:

—¡No, no!, ¡no me entiendes!: no tienes que
ponerla en palabras, ya te dije. No me la dictes, no
es taquigrafía electrónica. Cuando digo "dítela a ti
mismo" quiero decir "imagínala con la mayor cantidad de elementos, imágenes, sonidos, lo que ten-
gas, lo que hayas trabajado, lo que ya sepas que va".
Vela, te repito, vívela. ¿No dices que ya la tienes
completa? Vamos a hacer una prueba, así que déja-
la correr hasta que yo te diga. ¿O.K.?

Yo seguía con los ojos cerrados. Tal vez la cuenta de los cinco árboles del jardín me había dado serenidad o valor y confianza, o no sé qué, porque
pude sentirme como para comenzar a ensoñar (si así
puede decírsele) mi novela. Vi transcurrir la escena
inicial con total concentración y precisión. Ya estuvo
suave de "no sé-por-qués", pero *no sé por qué* vi que
la blusa o suéter de Ana era mucho más encendida
que otras veces, y por este color, como casi de barniz
de uñas, apareció un nuevo detalle que no había visto y que me hizo, digamos, trastabillar, o que hizo

trastabillar a mi imaginación. La escena había ido, hasta este momento, corriendo, corriendo, sin detenerse, suave, expedita, pero aquí remoloneé: un hilo de la dicha blusa se atora contra una grapita de la pared. Como dije, trastabillé, me tropecé: ¿la grapa es capaz de romper la blusa?, ¿el hilo se atora lo suficiente como para dejar ahí una hebra?

Lo peor de este trastabilleo o tropezón no fue el freno a que me obligó la duda y las disquisiciones sobre el porvenir del gancho diminuto y una hebra del suéter, sino que, tal vez por el intenso colorado o fucsia de la blusa entallada de Ana, encima de todo me perturbé. ¿Y por qué digo *perturbé* en lugar de usar la palabra precisa? Se me presentó una erección de ni pa coño. Se me paró, pues, como si fuera yo adolescente. Y entre lo de la grapa y el paradón, me distraje por completo, perdí mi *narración* de vista, avergonzado como un púber imberbe.

—Oh, fuck! —chilleteó el vecino. We were doing well, come on!

Abrí los ojos. Pero creí que era como si los hubiera dejado cerrados, porque enfrente de nosotros estaban:

Ana y Manuel, mis dos personajes, en pleno clinch, ella con la espalda pegada a la pared, los zapatos de tacón de aguja, el derecho doblado, como yo siempre había imaginado que ella lo pone cuando le dan ataques de ansiosa impaciencia. Alrededor de ellos, el cuarto, la habitación, la ventana —y lo que da a la ventana, el jardín—, el clóset, la cama: todo. ¿A qué hora había yo dicho en mi cabeza lo del tacón doblado, el clóset (que todavía no entraba en acción), la cama, etcétera, los múltiples detalles que estaban ahí, encarnados en nuestras narices, de pe a pa completitos? ¿Y los dos personajes de carne y hueso aunque —porque yo me había detenido— como congelados, como sostenidos?

Porque ni siquiera respiraba. Creí ver en el rabillo del brillante ojo de Ana una chispa de recriminación y en el mismo instante oí la voz de mi vecino, "¡Anda!, ¡sigue!"

Y ya sin cerrar los ojos, picado por lo recién visto, me dispuse a continuar con la escena. Ana y Manuel cobraron de nueva cuenta vida, se animaron, ¿y qué digo, si no habían estado muertos, sino sólo suspendidos, esperando seguir? Les regresó el pulso cardiaco, se veía el corazón de Ana latir a través de su blusilla cachonda, verdaderamente embarrada al cuerpo. Retornó la pasión a su abrazo, él jadeó un poco, y entonces el vecino dijo:

—Hold! You'll have to start all over again. I haven't saved yet the material... Se encimaron las escenas, no quiero que editemos, quiero el hilo sin cortar porque sería casi imposible que en una primera sesión reproduzcas idéntica la imagen. En la primera y por mí que también en la última, porque sospecho que es imposible de todo punto reproducir idéntica la imaginación... Pero ya se verá... ¿Empezamos de cero?

Así hice. Comencé de nueva cuenta por el principio, ahora con los ojos, como ya dije, bien abiertos. Voy a intentar ponerlo en palabras, pero pero pero, sin un ápice ya de fe. Serán palabras desilusionadas de sí mismas, que uso porque no me queda de otra; comparadas con lo que vi, no serán nada. Porque eso que vi en el "laboratorio" de mi vecino contenía toda la información de un golpe: desde el primer instante estaba ahí el ambiente, los personajes hechos, la tensión... ¡Era perfecto, perfecto, era lo que yo querría que fuera mi novela! Era una novela perfecta, porque todo era más que legible, porque se transmitía intacto lo imaginado, porque pasaba completo, cargado de emoción, color, luz, olor, presencia, tacto, vivo... ¡Vivo! Todo es inútil ahora. No puedo creer en mis palabras, en las palabras. Sólo anotaré aquí un mediocre y gris apunte que NO tendrá el genio que han tenido los sketches de los genios, por ejemplo, Miguel Ángel. ¿Qué tal esos dibujos? Con dos trazos está hecho y dicho todo. Chíngale, chíngale, dos sombritas aquí, un rayón allá y ya la hicimos. ¡No conmigo!

Yo soy novelista y no cuentista o dibujante. Necesito completar el cuadro para transmitir lo que deseo. Aquí ni tiempo ni, como ya dije, ganas: perdí el gusto. Yo soy un escritor flojo —no lo niego— pero momentáneamente no es la flojera o la pereza lo que me domina, sino la desilusión. Mi novela quedó quemada, grabada, impresa en 404 Dean Street, en el cascarón vacío y rojizo de una brownstone sin paredes divisorias, sin pisos, hecha de sus puros muros exteriores, desnuda en su interior. Quedó impresa ahí: ¡ya no es mía! No hay nada que podamos hacer para retomarla, para volver a apoderarnos de ella —y uso el plural mayestático, ¡vana pretensión de autor!—. Pero ya basta de lamentaciones y vayamos al boceto:

Ana ha llegado a una de las entrevistas secretas con Manuel. Son amantes desde hace dos años. Lo encuentra en extremo agitado. Nomás verla, él se arroja sobre ella. Su deseo tiene una desesperación enfadosa. Ana quiere preliminares, platicar, algún gesto de ternura, hacer algún tipo de contacto antes de proceder *a lo que te truje, chencha,* e intenta quitárselo de encima, mientras que él, como un tigre, nomás quiere no soltarla.

Ahí pasa lo del hilo que se atora, lo de la blusa tejida y lo de mi erección, que regresó, por cierto, al volver yo a "repetir" ese punto de la escena: yo deseaba a Ana tanto o más que Manuel. Más que Manuel, porque reconocía en él la ira subterránea, él la abrazaba tanto por ira como por deseo. En cambio yo, ¡las puras ganas!, tan puras como los angelitos del cielo. ¡Lo que fuera por tenerla! ¡Nomás me acuerdo de esa blusita entallada y como que se me vuelve a alborotar la alborotable!

Los personajes estaban visibles como si estuvieran desnudos, transparentes: todo lo que eran ellos se hacía presente, sus corrientes más profundas, sus secretos, todo quedaba a flor de piel, aunque la expresión a flor de piel es totalmente inapropiada: a flor de ojo. ¿Pero en verdad la novela perfecta entraba por el ojo? ¿No era como que toda nuestra percepción participaba en ella, los cinco sentidos, nuestros pensamientos, las memorias? Era. ¡Era!

La escena amorosa se inunda de violencia. El copete de Ana se desprende de su acicalado peinado. Ana dice algo al oído de Manuel, lo llama con una palabra secreta que ellos tienen y ésta lo domestica, lo desploma. El hombrote suelta a Ana, da dos pasos atrás y llora. Ana lo ve llorar, con la espalda aún pegada a la pared donde él la tenía apachurrada, porque bien apachurrada la tenía con sus arrechuchos. Camina a él, lo acaricia, lo consuela, él le pide perdón, ella le dice cositas tiernas que quieren decir "tranquilo, no hay fijón", él le dice "Me desespero sin ti, no puedo vivir sin ti, no puedo más", ahogándose en llanto. Ella lo acaricia con ternura. Él responde con caricias ardientes. Los dos se desean, con premura se besan, se despojan de sus prendas sin dejar de besarse, ayudándose, ansiosos. ¡Ah, qué achacosa materia, las palabras! ¡Nada dicen de lo que había ahí!

Se quitan todas las prendas, excepto ella el brasier. "Ayúdame", le pide la corderita, "Ten tu ayuda" le contesta el cabrón mientras la penetra, dejándole los dos melones cubiertos de colorados encajes, del color casi del suéter —un poquillo más apagado, color rojo sangre.

En mi novela, cuando mi novela era mía, yo había pensado dejarlos aquí y pasar a la siguiente escena sin regodearme en el coito, pero en casa del vecino, la cogedera ocurriendo con tal lujo de detalles y sensaciones (porque todo lo sentíamos, era como que, al tiempo que los veía, yo también *actuaba* sus partes), lo dejé seguir. Ya no me importaba mi erección, había perdido el pudor. Era demasiado valiente como para quedarme frío. Cierto que ya no tengo 15 años sino 42, pero ahí estaba, con el palo completamente parado sólo por ver. Pero no era sólo por ver. No era, tampoco, porque fueran MIS personajes. No: era el software innombrable del maldito Lederer el que me ponía de esta manera. A mí y a cualquier que se acercara al "material".

El caso es que los dos personajes estaban de cogetes incansables. Eran obvio que este par no podía abandonarse por nomás decirlo. Cuando de pronto —ella tenía los piecitos abrazados sobre la espalda de él, él le había retirado parte de las copas de su brasier, dejándole los pezones al aire bien alzados, las novias pasadas son copas llenas— se esfumaron.

Se oyó algo así como un click.

—¡Se acabó el primer bloque! —dijo con voz muy vivaracha mi vecino—. ¡Nada es perfecto! No está mal para el primer intento. No reservé más espacio: es genial la cantidad de data que contiene tu imaginación. Ahora mismo no puedo almacenar más en un mismo disco, si le llamamos disco al... bullshit!

Y nomás maldecir, dejó de hacerme caso, sobándole el no sé qué a su mesita. Quitó la mano, buscando otro no sé cuál, y vi: se había prendido un foquito rojo exactamente en el borde de la mesa, parpadeaba, y de pronto comenzó a sonar una vocecita que decía: "stop having a fit" ¿Qué le estaba dando un ataque equivocado? Yo no le vi ningún ataque.

Picándole aquí y allá a sus controles, el Lederer consiguió apagar el foco rojo, y me dijo: "Sorry, es esta mierda, la alerta budista que puse hace unos años; se me olvida que sigue aquí, no me he tomado el cuidado de quitarla, de borrarla. Un día de estos la quito. Y ahora, con tu permiso, tengo mi clase de yoga. Tengo que hacer un arreglo para poder darle cabida a un capítulo; calculé mal el tiempo de los bloques. La siguiente sesión ya podrás seguir sin necesidad de que yo te interrumpa a media escena... ¡Buenísima ésta, mano! ¿Puedo salvarla como un primer capítulo?"

—Por supuesto.

—¿No queda mocha la narración si la detenemos aquí?

—¡Qué va! Queda como anillo al dedo. Es buen remate para el capítulo.

Se rió. Se le veía feliz, tanto que hasta parecía un poco loquito.

—Pero te aclaro: no es un primer capítulo, sólo el prefacio. Mis capítulos serán más largos.

Picó este botón y el otro y puso a correr lo "hecho" durante el día en súper fast forguar, este primer "capítulo". Ya no necesitaba espacio para ocurrir entre la mesa y nosotros, pasaba ahí nomás, rápida, etérea, completa, intacta, como la habíamos visto nacer allá arriba a medio "aire".

En fast, la media hora corrió en menos de un minuto.

—¿Seguimos mañana? —me preguntó el vecino— ¿O prefieres verlo primero con tus abogados? Yo podría citar a los míos, digamos para el sábado, temprano. En dos días. ¿Va?

Mientras me decía estas cosas, abandonaba el "tapanco técnico" y se subía a su silla, indicándome que tomara la mía para desplazarnos hacia la puerta de 404 Dean Street. Giré la cabeza para corroborar que no quedara nada de "nuestra" escena allá atrás. Nada. La escena que había aparecido viva en el centro del cascarón se había borrado. No había nada más que ambiente estancado de cascarón rojizo, porque vaya que parecía sólido, casi agelatinado. De la pareja a medio acto no quedaba un pelo. Ni siquiera el olor, que había sido tan presente: nos habían envuelto el olor de hembra caliente. La especie de escalera de caracol transparente que vi al entrar se había esfumado también.

En la siguiente escena, Manuel estaría con su familia —mujer y dos hijas pequeñas— en el jardín de su casa. Las niñas gritarían alborozadas, el perro —había perro— saltaría. No, no estaba yo de humor para vérmelas en ésas a la de ya, así que le dije:

—¿Abogados? La idea le encantará a mi mujer, ella es abogado, mi abogado —y de un hilo le pregunté, por la asociación de mi novela—, ¿y su perro?, ¿dónde tiene a su labrador?

—Are you kidding? ¿Cuál perro?

—El de ayer.

—Yo no tengo perro. Ayer traía conmigo ese virtual para tener pretexto de abordarte. Ya había intentado antes, no te dejabas. Vives en la luna, ¿sabes?

Ya estábamos de pie frente a las puertas que daban a la calle. Abrió la primera, de inmediato la segunda, y ahí, cuando nos pegó la luz del medio día en la cara, volteó a verme y me sorrajó:

—Entonces qué, ¿la hacemos? ¡Será la novela perfecta!

Ahora que lo escribo, no sé quién lo formuló antes, creo que fui yo, que yo acuñé la expresión "la novela perfecta". Si de algo soy autor, es de esto. Pero apenas lo dije, el Lederer tomó la frase como se fuera de él. El maldito Lederer.

Capítulo tres

Confirmó por teléfono que la cita sería en su dirección de Bergen Street. Habíamos intercambiado tarjetas, yo la mía de mi mujer —tan mía como cada quarter de mi cartera—, él la propia —un cartón manuscrito, garrapateado— y la de su abogado —muy tradicional aunque bastante dedeada.

El sábado, apenas poner un pie al salir de casa, dijo mi mujer:

—We will not, listen carefully, we will *not*—lo subrayó— sign anything, "¡No firmaremos nadita hoy!" "Depende", le contesté, en inglés, siempre hablamos en inglés porque la Sarita no le entra al español. "Vete a saber qué ofrezcan." Venía vestida como para ir a la oficina o a la corte, aunque fuera sábado: traje sastre negro, blusa gris perla, zapatos negros, medias ligeramente oscuras, la falda entallada unos centímetros arriba de la rodilla. La cabeza la traía de día de fiesta, el cabello suelto, del diario se peina aplacándolo, domándolo con un atadito en la nuca que le deja el coco como pelado, parece que ni a pelo llega, embarrado con esa jalea brillantosa que lo hace ver como un gorrito de nylon. En la mano, su portafolio. "You have to understand" comenzó a arengarme. Esta vieja adora su papel de abogángster. Me explicó, con su voz mandatoria o de mandona, que hay diferentes tipos de abogados

—¡lo sabré!, vivo con una delopior—, que su especialidad no era copyrights, los derechos de autor, que hoy sólo ella me acompañaba para "tantear" el terreno, antes que se le sumaran colegas de su bufete, que también teníamos que protegernos, ella y yo, de un posible ridículo, porque todo lo que yo le había contado sonaba a un magno *scam*. "Así que no firmaremos nada, nada nadita, *nothing*, dear —casi gritó el *nothing*, al tiempo que giraba la llave para cerrar la puerta—. ¿Me entiendes?"

¡Méndez o te explico Federico!, claro que la entendía. Me sentí demolido. Todo esto lo había escupido mientras bajábamos la escalera de nuestra brownstone, apenas el comienzo del día, nos esperaba uno laaargo juntos, ¡pobre de mí! Juntos quería decir *juntos*, jota-u-ene-te-o-ese, juntísimos, no como pasamos los días que pasamos en casa: la Sarah jala p'al gimnasio, regresa como si le hubieran puesto un cuete en la cola a darse una ducha y correr zumbando al súper como si siguiera teniendo atrás lo mismo, porque detesta la idea de comprar en freshdirect.com, que me cae que sería lo ideal, te sientas frente a la pantalla, dos teclazos y te envían todo a casa, pero allá ella, y, apenas vuelve, se pone a hacer orden igual, como con el cuete retacado, y sube y baja y baja y luego sale a que le hagan las uñas, limpieza de la cara o chupirules en el pelo o se lo atusen, que tanto se hace en su maraña que es difícil llevarle la cuenta, luego se pela a buscar no sé que a bed-bath-and-beyond —nombre que siempre termina por conmoverme, ¿pues cuál es el dicho *beyond*, qué es eso del más allá del baño y la recámara?, ¿qué queda detrás de la cama y el retrete?, ¿el ático donde duermen los fantasmas?—.

Apenas vuelve, jálate pa la sesión de yoga... ¿Pa qué yoga, con el cuete atorado? Si se relaja, se le escapa, pero va a la yoga igual. ¡Qué sabaditos!

El caso es que los días libres ella no para, si acaso está en casa, se esconde atrás de su remolino hace y hácele orden —hasta se anuda a veces un pañuelo Aunt Jemima a la cabeza—, baja y sube, no deja de menearse, va que vuela de un hilo. Ese sábado, en cambio, juntos, juntos, *juntos*, ¡horror!, por horas. Y ahí estaba mi vieja, chulísima —eso sí, que nunca se le quita—, arengándome. No iba a parar. Ya me veía cargando en mis hombros con la tromba durante horas. ¡Pobre de mí! ¡Tromba y cuete en culo ajeno, y yo a aguantar!

Por fin tocamos tierra, la banqueta, la acera, como le llamen. Podríamos haber caminado hacia la derecha o hacia la izquierda, la casa está precisamente a la mitad de la cuadra. Dejé a la Sarita decidir porque yo ya cuál energía, habían bastado los seis escalones para a punta de regaño dejarme hecho polvo y luego ahí nomás tirado, sin siquiera acomodarme en mi urna. Caminó hacia la izquierda, hacia Fourth Avenue y yo la seguí, perruno, pero no virtual: me eché a pensar. Desde hacía tres días, cuando ocurrió lo que he reseñado en casa de mi vecino, andaba yo como obnubilado, como deslumbrado, como que los ojos nomás no se acostumbraban a la neta, como perro al que le echan encima los faros de un coche; no daba pie con bola, todo se tropezaba en mi cabeza. Pero aquí pensé mientras caminábamos custodiados por la hilera vigilante de brownstones. Me dije: "Si vas a estar con ella horas y horas, mejor sé amable, con suerte se calma." Y le dije: "Sariux, de verdad que siento mucho haberte dejado sin tu sesión de gimnasio hoy. Ya sé lo mucho que te importa. Mil gracias por venir. Ojalá que valga la pena, *espero* que valga la pena. Si no, te pido una disculpa por adelantado." Se lo dije en inglés porque pa qué en español si no entiende un pío. Mis palabras tuvieron un efecto fantástico —no a lo bioyborgesbianco, sólo "bueno y rebueno"—. Volteó la cara hacia mí, su hermosa carita enmarcada con la tupida cabellera rojiza, y me sonrió. ¡Dos veces! Dejó de ladrar y se quedó calladita, con una expresión verdaderamente placentera en su boca, *"The smiles that win, the tints that glow."* Mi Sarita es divina. Que sea una chinche, ni quién lo niegue, pero lo bonita, lo digo, lo repito y lo repetiré, no se le quita nunca.

Habíamos llegado ya a la esquina —que rápido se va el tiempo cuando pasa en las buenas y lento cuando baja uno de la ermita de mi patrona—, el hombre que vive ahí sentado siempre —o siempre y cuando no haga un frío de tállate en los ojos chiles sin desvenar— todavía no había llegado a su puesto, pero ahí estaba su silla y la carriola donde guarda algunas de sus cháchara. Dicen que era un fraile franciscano antes de echarse a la calle y sí lo parece, regordete y barbado, vestido como un pordiosero, un franciscano en atuendo contemporáneo, voto de pobreza y vinillo de consagrar robado a los altares de la opulencia. El templo De la Iglesia Universal de Dios, el *Pare de su[f]rir,* estaba cerrado, la marquesina arriba de nosotros, sin la "efe" que no sé por qué no le vuelven a ensartar. *Pare de surir,* deje de sonreír —y cáigase con su plata, que'l quel'hace de cura predica: "Que pase al frente el que va a hacer un sacrificio de diez, veinte o cincuenta mil pesos", luego baja a nueve, a ocho, a siete, a seis, a cinco, y brinca de cinco a uno, arguyendo que ésos ya ni son sacrificios, que llega la hora de las ofrendas, que pueden ser de a lo que sea—. Un robo en despoespiritualblado. Lo dice sin querer queriendo la falta de la letra "f" en su marquesina de la Cuarta Avenida en Brooklyn, esquina con la mía, Dean Street. Que el que ríe, sufre. Dicen los pico en español de la cuadra —cosas que me sé por andar stooping out, me habían seguido los de mi lengua, las nanas (la oaxaqueña de dientes de oro y ya mayorcita, las dos hermanas adolescentes poblanas que sacan a pasear idénticos labradores negros, sus cabellos largos oscuros, morenas y bajas, sin cintura, chaparritas cuerpo de uva) el puertorriqueño rubio veterano y piradín, el Bobby, que vive en la cuadra (en el verano duerme bajo la escalera del 386, en perpetua remodelación, en el invierno a saber dónde), los treceañeros dominicanos siempre pegados a sus desvencijadas bicicletas de niños de ocho que viven en el edificio de renta congelada que está en la esquina con la Quinta Avenida—, me dicen, decía, que el ministro de la "Pare de su[f]rir" es prófugo de la CIA, que está escondido en quién sabe cuál hamaca en Brasil. Yo he buscado la noticia en el *Times* y la he googleado también sin suerte, será un caso más de mitología urbana. Además, la iglesia, o templo, o como la llamen, se atasca los domingos y los miércoles en la nochecita. Hasta hay edecanas, unas chicas bajitas, las petacas fajadas bajo cortas faldas oscuras, más cuerpo de uva que las nanitas, con tacones incomodísimos y burdos, como de monjas arrepentidas. ¿De dónde sacan zapatos tan feos? Así que debe de ser puro mito, la "Pare de su[f]rir" no se ve de capa caída, tampoco un esplendor de atáscale, tampoco.

El que no es mito urbano es el del asesinato que también oí en el stooping-out: unas cuantas casas a la derecha de la nuestra, en el 410, la dueña Dorothy Quisnbury, activista vecinal, fue asesinada... ¡por un jovencito que vivía en mi casa! Su papá —un janitor de Baruch— era inquilino del tercer piso, el chico, en sus veintiunos, le atoraba al crack, y para darse el gusto un día le timbró a la vieja vecina, le pidió el teléfono prestado, y una vez adentro, patatín patatán —uso onomatopeyas por desconocer los pormenores—, y la vieja —que no lo era tanto, tenía 64— dijo adiós a la vida. Mientras ésta subía hacia el cielo —que algún tiempo debe llevar a las almas el trayecto—, su asesino vació toda su casa y poco a poquillo fue vendiendo lo que encontraba para satisfacer su vicio, la televisión, la videograbadora —si tenía, fue en el 84—, el radito, las joyuelas, la ropa... Hasta que uno de sus inquilinos, por un descuido del crackiento, encontró una tarde al pasar la puerta de su piso abierta, llamó "¡Dorothy!, ¿Dorothy?" y como nadie le contestó, entró y topó con el joven asesino drogadicto dormido en el sofá, rodeado de un desmadre mayúsculo, montón de triques aventados al piso, como si la policía hubiera cateado la casa, los clósets y cajones enteros vaciados. Entonces abrió la puerta de la recámara de Dorothy y ¡tópale con la cadaverina!, no sé si ya maloliente. De inmediato llamó al 911, y cuando la policía llegó despertó el chico. El culpable todavía cumple su condena, Terence Smalls, según los vecinos, Andres Small, según el *Times*, ya está a punto de ser liberado *por buena conducta*.

Ahí íbamos caminando, mi Sarita y yo, frente a la Paredesurir, que, como dije, estaba cerrada, las cortinas metálicas al piso. Sobre la Cuarta Avenida, pura desolación, la avenida ancha, tres carriles van, tres vienen cargados de tráfico, sin árboles... ¡Yo también amo el brownstone Brooklyn, no estos homenajes a la modernidá! Los primeros pisos de las otras construcciones también tienen puertas metálicas para usos comerciales, como la Paredesurir, pero la neta es que se usan muy poco, se ven desvencijadas, abandonadas; luego hay un edificio que no estaría nada mal si no fuera porque con el vecinaje todo se abarata, sigue Mystic Essentials, una tienda enorme, versión muchospesos de herbolaria caribeña, flanqueada por dos letreros en los ventanales, a la izquierda "Spiritual Advisor", "Asesor espiritual" y a la derecha el listado de los productos que venden: pomadas mágicas, aceites, inciensos (respectivamente escritos en español disléxico: acietes, inceinsos), jabones, remedios. Lo primero que se ve en la tienda al asomar la cabeza son los sprays: "African Power", "Great Juan's Attraction", "Jelousy and Suspicions". A su costado dos edificios de departamento de quién sabe qué perfil interior, las cortinas de los negocios de la planta baja cerradas a perpetuidad. En la esquina, El Indio Mexicano, una bodega o supercito o deli o tienda de abarrotes, como le quieran decir, de unos más depricanos que mexis, siempre hay media docena de pelones gordazos en camisetas blancas atendiendo a ambos lados del mostrador, o mejor dicho desatendiendo, que no sé a quién pueden atender, están tan desabastecidos que ni leche puede uno comprarles ("¿Venden leche?", "Sí, pero no hay, joven"). Eso sí, diario encuentra uno pan dulce mexicano, sólo que siempre pan viejo, conchas, soldados, invariablemente malísimos, tortillas industriales y de las peores, queso fresco que no me he atrevido a comprar porque de fresco no le queda más que el nombre, crema agria en frascos de apariencia sospechosa. Un día pedí uno para verlo de cerca: parecía mayonesa de la hellmans, ¡crema infierno-del-hombre! No llegan ni a cajero automático como las más de las delis de por aquí, como no hay banco o ATMs a la vista... nuestro barrio ya tiene de todo pero todavía no de esto. En la deli El Indio Mexicano todo está decrépito. Sobreviven de milagro o porque le entran gacho al autoconsumo, no sé qué les pasa. El barrio se levanta y ellos se agachan. De seguro que cuando todo iba a las malas, ellos se la pasaban bomba y luchaban como unos necios. Y ahora que la tienen regalada, se han echado a sufrir, dándose por vencidos. Un caso extrañísimo. No sé gran cosa porque la rehuyo, de verdad que deprime. Hace mucho que no entro. Cuando paso por aquí de vez en vez leo al vuelo el aglomeramiento de pósters y anuncios: "Aceptamos cupones de comida" —en español—, "Drink Tecate, six pack 5 dollars —en inglés—, "Western Union, send your money to Nigeria —en inglés—, "Bailongo en Chilaya, Puebla, venta de boletos en El Indio Mexicano o en la presidencia municipal, por primera vez en México Los Hermanos García". (El día que me detuve para leer con detenimiento este póster, uno de los de la tienda me dirigió la palabra en mal inglés: "those is in Mexico", y "sí, ya vi", le contesté, "¿pusquíhablas español, güero?", "soy mexicano", "¿pusdiónde?", "chilango", "¡aaah!", y escupiendo su "¡aaaah!" se echó a correr hacia la puerta de la deli y se metió sin terminarlo —"¡aaa!"—, como si yo le hubiera dicho "tengo tiña y de la que deveras contagia". Me incomodó, pero mejor que me huyan, que un día que me asomé a la Mystics Essentials y luego me eché a andar a mi paso hacia casa, cruzando rapidito entre los fieles de la iglesia, la grey congregada en precioso día domingo frente a la entrada, rodeada por los pregones de los vendedores que aprovechan el rito, "¡tamaaaales, lleeeeve tamaaaales caaaalientiiiitos!" —ya los probé, no valen la cosa, no aquí, estando tan cerca del mejor lugar de cocina mexicana de todo Nueva York: en Union y la Cuarta, no el grande sino el changarrito de sombrilla afuera, el que ni a nombre llega—, que oigo que me persigue un "psst, psst, jey, yu!", y que volteo, pensando que se me ha caído algo o qué sé, y no, una gorda de cabellos mochados y teñidos de un rubio rájale, me dice en puertoinglés: "Ei sir, ¿yurr luquin for a rii-der?", "Me? What are you talking about? (pensé adentro de mí, "¿lector?, ¿de qué me habla?, ¿quién me hace esta broma siniestra? ¡Lector!, ¡lo que necesito es terminar un libro, no un lector!"), "Ai so yu luquin der, at the stor", "Oh, no, it was only curiosity", y atrás de ella, un amigo grande y negrísimo y que sí entonaba como en inglés dijo: "Better use a reader, there's lots of bad things going down on this block" —"Los puñales por la espalda, tan profundo, no me duelen, no me hacen nada", tuve ganas de escupirle a lo Calamaro—. ¿Y qué iba a leerme?, ¿las manos?, ¿las cartas? ¿Podría ser que eso, falso rubio, gordo y desvencijado, fuera lo que hoy resta de una gitana? ¡Ay, Carmen: escúchame bajo tu pañuelito!: ¡Todo tiempo pasado fue mejor!).

La Sarita y yo torcimos en la esquina a la izquierda y los dos escupimos flores a Bergen Street, que es tan pero tan bonita, bien arbolada, las brownstones alineaditas a los dos costados de las dos aceras. No han tumbado ni una. Nuestra calle Dean, en cambio, es como una boca a la que le han sacado dientes, reemplazándolos aquí y allá con piezas falsas, menos vistosas que las de la nana oaxaqueña, pero igualmente desproporcionadas: los dientotes de oro son casi del doble de tamaño que los que le quedan, como diciendo: "¡Miren lo ques ganar en dólares, mis-hijos!" Los optimistas dicen que esos espacios fueron jardines comunitarios, que había dos en la cuadra sobre los que han levantado esos adefesios que ya ni la... Lo cierto es que antes de ser jardines fueron también casitas, hermosas woodenframed como las otras que quedan en esa acera. En algún descuido se quemaron, ¿o fue en exceso de apego a sus seguros?, ¡a saber! Ahora han levantado unos adefesios de a fuchi. Son como de podrirse. Lástima que uno quede frente a nuestras ventanas.

Ahí en Bergen también hay, como en Dean, motocicletas aparcadas en los patiecitos del frente de las casas, cubiertas con sus protectores plásticos —escrito "up" y pintada una flecha para arriba, y "front" y una flecha hacia a el frente—, y aunque, como dije, las casas están en bastante buen estado, los vecinos apilan cosas increíbles, trozos de rejas, pedazos de pisos, algunos ladrillos, juguetes viejos, no sé qué tantos cachivaches. La banqueta está bien sucia, no como la nuestra que no pasa día sin que termine barridita, el caso es que la calle tiene buen lejos —o buena noche, que es cuando de verdad se ve más bonita—, pero ya vista con detenimiento no queda mal parada Dean, así que tarde, pero no nunca, la Sarita y yo nos comimos los elogios que habíamos empezado a verter, "ni tanto", "qué mugrero", "mira, los barandales están rotos", "ve, todas las puertas de entrada tienen rejas, qué deprimente, mira cuántos barrotes en las ventanas", "y entre casa y casa han puesto alambre como barricadas", "bueno, sólo en las que están cerca de la esquina", "y eso, ¿les quita lo horrible?".

Mi mujer dio con el número. Era una de esas casitas de fachada de madera, una wooden-frame-house de sólo tres pisos, mucho más pequeña que nuestras brownstones de Dean. Hay tres juntas, la que buscábamos es la primera, la que está en mucho mejor estado, blanca y bonita como de cuento, una cucada de casita. Subimos las escaleras y antes de que tocáramos el timbre ya estaba abriéndonos la puerta nuestro vecino.

—Hi! —nos dijo muy cordial—. Hi, Sarah, what's up?

¿Se conocían? ¿Por qué no me había dicho nada mi mujer?

Pasamos directo al Parlor Room, el salón que había visitado el otro día. Cuatro hombres, vestidos en elegantes trajes oscuros, se levantaron a recibirnos, saludaron de mano, presentándose, y se volvieron a sentar. En la espectacular mesa central había un juego de té verdaderamente de pelos, de esos de museo, era una joya.

Sarah se inclinó a servirme un café —como me gusta, una espantadita de leche—, todos los ojos atrás de ella, la falda de su traje sastre le subrayaba su precioso culito —hoy sin cuete—; se veía tan relajada, era un gusto mirarla, con esas piernazas que se carga... Luego puso en su taza un sobre de té negro, sobre éste agua caliente, se sentó en el sofá que quedaba vacío, sacó de la bolsa de su sastre un sobre de canderel, lo abrió, lo vació en la taza y me lanzó una regañadiza visual porque yo seguía paradote como buen alfil. Me arrellané al lado de Sarah, sintiéndome incomodísimo. Todos parecían como pedrosporsucasa, menos yo.

Los cuatro trajeados eran de la misma edad y complexión, muy a lo carigrant. El que estaba, digamos, en el centro, que se había presentado como "Mister Smith, nice to meet you Mister Vértiz" —¡úchala con el Mister Vértiz!, ¿de cuándo acá me misterean?—, tomó del piso su portafolio, lo abrió sobre sus piernas, sacó un fólder bastante voluminoso, y dijo:

"Yo represento a la NYU, Universidad de Nueva York, en el caso doctor Lederer, investigador honorario del CNS, Center for Neural Science."

Sólo recuerdo esta primera frase, y no estoy seguro de que fuera exacto así. La jerga de los abogados me repugna, así que yo me desconecté, opté por el camino de los cerros de Úbeda y los dejé en sus asuntos. ¡Que las musas me protejan de que alguna novela me imponga un personaje abogado! No quiero tratos con esa lengua. Aunque qué digo, ¡estaremos para lenguas! El caso es que uno de los abogados venía por la universidad en la que mi vecino, como ya se vio de apellido Lederer, trabajaba como investigador, el segundo era el abogado personal del tal Lederer y el tercero el de la Apple, que sería quien fabricara y comercializara nuestro "artefacto", porque no usaron la palabra "producto".

El cuarto no dijo qué pitos tocaba. Venía en representación del Señor Soros, el millonetas.

—¿La fundación Soros? —pregunté, aterrizando de los de Úbeda un momento y dándomelas de muy mamerto.

—No, Mister Soros himself. And could you please —before I forget— sign a copy of your book for him? And this other one for me?

—May I ask my wife, and lawyer, si puedo firmar algo hoy?

¿Puedo?, dije bromeando y volteando a verla, estaba hinchada de orgullo como un pavorreal porque ésos querían mi libro autografiado. Asintió, firmé. Repetí:

"No firmaría yo nada sin la autorización de mi abogada."

"Espero que no sea el caso", dijo el primero que había hablado, Mister Smith. "Espero que salgamos de aquí todos muy firmados, incluyendo cheques, copias y etcéteras."

¿Conque Gates y Soros? ¿Y cheques firmados? "Mucha cosa aquí revuelta", pensé para mis adentros.

"Primero que nada", largó el abogado de NYU, "hemos escrito este raider: que ninguna de las partes hará uso de la máquina del doctor Lederer en lo que se llevan a cabo las negociaciones. Así mismo, quiero que conste que todos los que estamos aquí presentes somos personas reales" —hizo una pausa— "...no virtuales, por decirlo así, aunque sé que el doctor Lederer no gusta de este término. Igualmente, el raider dice que todos los objetos y utensilios, papeles, plumas, asientos en los que se llevarán a cabo las negociaciones son también enteramente reales."

—¿Y la tetera?— no pude reprimir mi comentario.

Mi vecino —por primera vez desde que yo lo conocía— se ruborizó:

—Come on, manito! Era de mi abuela, la saqué a orear para esta ocasión especial.

Me disculpé. Si hubiéramos estado más juntos, Sarah me habría acomodado un buen codazo al hígado, por impertinente, si no fuera porque hubiera sido demasiado visible su gesto. ¡Qué patán me vi! Estaba nervioso, no podía contenerme.

El abogado del doctor Lederer preguntó a su cliente:

—¿Es así? ¿El prerrequisito se ha cumplido? ¿No hay ninguna computadora operando?

—Ninguna. Todo está desconectado, apagado, turned off, sin funcionar, como acordamos. ¿Alguien quiere venir conmigo a confirmarlo? Aprovecho y muestro el laboratorio y el equipo a quienes no los hayan visto.

Mister Smith se levantó de su asiento. El de Soros también. Mi mujer dejó nuestro sofá y se echó a andar tras ellos tres, y los cuatro salieron muy orondos hacia la brownstone hueca de Dean Street. Me quedé frente a un trajeado, tan silencioso como yo.

Uno, dos, tres, diez, veinte: conté imaginándolos sus pasos, mientras sorbía rabioso mi café. Veinticinco. De vuelta, veinte, diez, tres, dos, uno... ¿Por qué no volvían? Tardaron un buen rato, según yo, en regresar. De pronto, cuando ya me había resignado, como un niño abandonado, a que no volverían, entraron al Parlor Room.

"¡Qué lugar!" dijo mi mujer. Y repitió "¡Qué lugar! Have you seen it?" Me preguntó, mirándome directo, con una insistencia teatral que a mí me dejó ver pero de calle que estaba fingiendo, que machacaba su "¡qué lugar!" por aparentarse la santita o santísima Sarita, era tan ridículo su duro y dale que para mí era idéntico que me estuviera gritando "¡claro que ya la conocía, cornudo!" Y qué pinche pregunta babosa me había lanzado, por supuestísimo que lo había visto, si no no estaríamos aquí. "Y tú, vieja puta, ¿cuándo la visitaste?", pensé en silencio, como una vaca rumiando mi enfado. Vaca no, si las vacas no tienen cuernos; como un toro, un buey, un güey... Estaba yo de un humor de perros, de veras.

Nunca había imaginado que la Sarita me pusiera los cuerníporos, vine a enterarme y me cayó pésimo.

En este momento, pisándoles los talones a los que recién acaban de entrar, se metió a la sala algo así como una sombra: una vieja viejísima, negra como la noche, visiblemente descompuesta, que, ignorándonos a todos los demás, tambaleando se dirigió hacia Mister Lederer, llamándolo con voz chillona:

—Paul! Kid! Where's my pillowwwww?

¿Dijo "pillow", "almohada, cojín", o fue otra palabra la que escupió? Casi no podía entendérsele, hablaba sin dientes, como entreveradas las palabras por unas enciotas hinchadas y secas, llenas de vocales que parecían sangrar. ¡Lengua de vieja!

—Excuse me —dijo el vecino, el Lederer, a quien ahora yo llamaba en mi conciencia "Paul" imitando la voz de mi Sarita maldita—. Es la prueba de que el artefacto está desconectado. Come, Nanny, come, venga nanita —le dijo muy tiernamente, con paciencia de santo—, déjeme la llevo a su cuarto, ahora le doy con qué entretenerse —y a nosotros—: Excuse me, boys, I'll be back in a minute. Discúlpenme mis muchachos, regreso lueguito.

Y Paul Lederer dejó la sala, el Parlor Room. ¡Horas, esto iba a tomarnos horas! ¡Todavía ni comenzábamos y ya tenía yo ahí planchada la raya, pero entera, se me hace que ya era pura exraya! Lo oímos bajar las escaleras. La viejecita era tan delgada y pequeña que no le crujía el piso bajo sus pasos, era como una sombra, a ella no se la oía avanzar. Escuchamos voces. Se cerró una puerta. De nueva cuenta las chirriantes escaleras y Paul entró, otra vez agitado.

—I'm sorry. Olvidé este detalle. Disculpas a todos. Por apagar mi máquina la he dejado sola.

Nadie preguntó nada, pero yo no pude morderme la lengua, y le dije:

—¿Sola?

—Es muy vieja, no las tiene todas consigo. La angustia estar sola. Le he hecho una especie de peluche enorme, es su compañía. Es algo parecido a un oso o un enorme sanbernardo, tiene ojos brillantes, huele como un ser vivo, como un niño, para ser preciso; cuando mi nanita lo abraza, el mono le habla, con mi voz, que es la que le da más serenidad. Es su consuelo. ¿Seguimos? Let's do it now.

Todos los abogados sacaron documentos de sus portafolios, como había hecho el primero, los pusieron sobre sus piernas. Excepto Sarah y el de Soros.

—And yours? —le preguntó el de Lederer a Sarah—. ¿Su prepropuesta?

—Mi cliente me informó hace menos de 72 horas de este asunto.

Sixty six hours son a good shit of time —dijo el Lederer o, mejor dicho, creo que dijo el Lederer, porque le habló a la Sarah con una familiaridad que me zumbó en los oídos, y no entendí un pío.

Para mi sorpresa, respondiendo al comentario de Lederer, Sarah sacó de su portafolio un fólder, un poco menos choncho que el de sus colegas, y dijo:

—Bueno, Paul —otra vez su zalamera lengüita, parecía que se relamía el nombre del maldito—, esto es lo que hemos preparado en mi oficina. Es sólo una prepropuesta, como les advertí.

Los papeles cruzaron de un lado al otro, hasta que todos, incluyendo el que no daba, el de Soros, tuvieron un juego completo. Comenzaron a leer. El de Soros acomodó una pequeña grabadora en la mesa y probó que grabara, guan, tu, dri, for. A partir de este momento cuidó que quedaran registradas todas las conversaciones.

En el piso de abajo, la vieja nanita se echó a llorar a vocal en cuello, como aullando.

—Can I turn the thing on, for her sake? —Paul Lederer pidió permiso para encender su máquina para consolar a la nanita chillona, pero recibió un "no" rotundo de los abogados en bloque, incluso de mi mujer—. We'll have then to stand her shouts —"Tendremos que aguantarnos sus ladridos", que aunque no haya dicho ladridos a eso sonó por el tono.

Nadie replicó a su comentario.

Así que a ritmo de aullidos de la nana vieja, entre llantos que a ratos parecían plegarias, a ratos canciones de cuna (como si se consolara a sí misma) y otros de a tiro cantos negros, tan sentidos que ni en Harlem, empezaron las negociaciones. No paraban.

—You know —le dijo, en una de ésas, el de Soros al Lederer— you should tape her. There's something great. A pitty my recorder doesn't get it faithfully, it's too far away.

—Sí, sí —yo asentí. Había una grandeza conmovedora y salvaje en los cantos-llantos de la negra centenaria. Tenía que grabarla.

—Oh, yo no lo soporto —contestó el Lederer—. Me taladra los oídos. Me saca de mis casillas. Yo sé que está expresando un dolor, dolor de no ser ya lo que fue. Las que sí son dignas de ser conservadas, y cualquiera diría que hasta es un deber grabarlas, son las ensoñaciones que tiene cuando, satisfecha y segura, se abraza al muñeco que le da la máquina. De hecho ya lo hice. ¡Son algo de ver! ¡De qué placer es capaz una vieja! ¡La envidiarán! Estos cantos, sí, se puede decir que conmueven, pero son puro dolor. Yo no quiero tratos ningunos con el dolor, pa qué. Es mi nana, yo... es como hablar de la mamá de uno, ¿qué gusto puede encontrarse en su sufrimiento? Me sacan de mí, me exasperan...

—¿Podríamos ver sus grabaciones?, ¿lo que usted llama el "placer" de la vieja"?

—Cuando quieran.

—Están perdiendo el tiempo —dije—. El negocio está en dar compañía "virtual" a los viejos. Sí, sí, ya sé que el doctor Lederer no quiere que use-

mos la palabra *virtual,* pero para que entiendan. Compañía para los viejos, ¡eso es una mina de oro! Quién los acompañe, a quién le lloren, a quién le reclamen, con quién se abracen... También se podrían "construir" compañías para niños, es más tricky —dije tricky—, pero no veo por qué no sería posible. Seres impecables, ejemplares, sin voluntad propia, la nana perfecta, incapaces de todo tipo de childmolesting...

Silencio. Los ojos de mi Sariux me cayeron encima que ni saetas, alfileres, punzones, agujas de tejer. ¡Banderillas y enterradas hasta el fondo! ¡Ája, toro! Porque yo con mis cuernos...

—¿Y sus documentos? —pregunté al de Soros, para romper el hielo que yo había hecho en un tris con mi comentario y también por pura y simple curiosidad (pues qué andaba haciendo entremetido en "nuestras" negociaciones, y por qué nada había sacado cuando los demás desenfundaron sus papepistolas; si iba a estar ahí, ¡siquiera que me acompañara a los de Úbeda!).

—Somos el primer cliente —contestó solícito el de Soros—. Cuando hayan llegado a un convenio, cuando el producto sea visible y mercado, nosotros compraremos el primer trabajo por encargo, digamos que la primera remesa "comercial", aunque no será por un entendimiento de comercio, no habrá ganancia... Esperemos que sea cosa de un par de semanas, no más. ¿Sabe de qué hablo?

Me alargué en un "no" cabezón y reiterado, al que contestó con una frase concisa:

—¿Nadie le ha explicado a este chico?

Porque dijo "boy" el sangrón. ¿Hace cuánto que nadie me boyea?

Ni quién contestara a su pregunta. Se clavaron en su *leeos los unos a los otros* como si un *como yo os he leído* les hubiera dado la pauta, con atención de escolares latigueados, de ésos que padecieron la regla de madera u hostias a granel, casi que devoción. No despegaban los ojos de los documentos sino para clavárselos al que leía los suyos. Luego se enfrascaron en sus fastidiosas negociaciones un tiempo sin fin. ¿Tres horas? ¿Cuatro? No uso reloj y no había modo de calcular porque los segundos corrían sin correr, de a tiro estancados. Aunque sin encontrar cuál ejemplo, aguanté como un mártir, en puro punto de cruz. Creí que no acabaría nunca, pero sonó el timbre de la puerta, entraron tres asistentes de los respectivos bufetes cargados de laptops con impresoras portátiles, y, pisándoles los talones, un servicio de catering con un lonch nada de perro, un lonch de lujo. Porque aquí, sabrán, cuando la gente está trabajando casi que comen como los perros, croquetas o cualquier cosa rápida así nomás. Tengo un amigo que dice que lo único que toma de lonch desde hace tres años es un licuado slimfast. ¡Y a ladrar, señores!

Mientras loncheábamos en el jardín, servidos nuestros platos floreados por unas chulas probablemente aspirantes a actrices —con aires de cenicientas recién emprincesadas—, me empiné —sospecho que un poco a lo ansioso— media docena de cervecitas, la verdad que avorazándomelas. Los abogados, incluyendo mi mujer, no cambiaban de tema, alrededor de la mesa que nos habían preparado para comer en el jardín seguían en las mismas disquisiciones en que se habían consumido toda la mañana. Pedí mi séptima cerveza y me levanté de la banca.

La novela perfecta

Caminé hacia el fondo del jardín, abrí la puerta de la cerca, me agaché y aprovechando el vuelo me tumbé en el chaise-longue de mimbre, casi de un clavado aunque cuidando la cervecita que traía en la mano. Encendí un cigarro. Las voces de los abogados se apagaban con el tiptiptip de la fuente. Bebí sin empinármela —como sí había hecho con las otras— mi cerveza, sintiendo que el tiptiptip crecía y el *leeos los unos a los otros* se retraía, que se los llevaba la marea, que me quedaban lejos, lejos, lejos.

¡Qué alivio!

¡Qué dicha serena!, y tan serena que, a lo Darío, *El dueño fui de mi jardín de sueño*, me quedé dormido, hondo, hondo, quién sabe hasta cuál poza o pozo, yo estaba lejos, lejos.... Que recuerde, tuve un sueño:

Esperaba un taxi con mis hermanos, en Manhattan, creo que en la calle 57 esquina con la Sexta. Comenzaba a nevar y no pasaba ninguno vacío. De pronto, se detuvo frente a nosotros uno que yo no vi venir. Aarón, que es el primogénito, se lanzó sobre el taxi. Mis otros dos hermanos (León y Noé) me arrebataron mi abrigo (uno que tengo que fue regalo de mi papá) y me empujaron hacia la entrada del subway que estaba a nuestra espalda. No había escaleras sino una muy fría superficie metálica, como de resbaladilla interminable, pero no era un juego, yo caía, caía, caía, en mi caída veía en un monitor la imagen de mis hermanos a bordo del taxi, llevaban mi abrigo ensangrentado en sus brazos, una satisfacción siniestra en sus caras... Metros más abajo, otro monitor, la misma imagen, más sangre en mi abrigo, la nuca del conductor sangraba... Yo seguía cayendo, cayendo, otro monitor me enseñó la imagen de mis hermanos, Aarón peleaba con León por el abrigo, quería limpiarlo y venderlo, alegaba que era tan fino que era una pena perderlo, que mejor lo vendieran, y sacaba mi pasaporte y lo enseñaba (el monitor que pasaba me mostraba ahora a mí en mi caída) y decía: "Con esto basta, le enseñamos el pasaporte a papá" y sobaba mi pasaporte contra la nuca sangrante del conductor... Ahí Sarah llegó a despertarme.

—¡Te dormiste horas! —me dijo—. Un buen rato. Creí que ya te habías ido, por un pelo te dejo aquí de entenado en casa de Paul, te encontré sólo porque salí a fumar un cigarro, y ya aprovechando quise ver una vez más este rincón, ¡es un sitio increíble!

Lo de fumar no me gustó un pelo. Sarah no fuma, prácticamente, excepto si está *demasiado* complacida, relajada o feliz. Por ejemplo, después de hacer el amor cuando éramos uña y carne y mugre y esas cosas que ni vale la pena cacarear. Porque la verdad no éramos eso: los gringos tienen otra idea de la pareja, diferente. No poco entregada, pero "la persona" es como una entidad indivisible, sagrada, intraspasable. Nosotros la tenemos distinta, somos gregarios desde la médula. ¡Y no hablo de machismos! Gregaria la madre, gregaria la hija, gregaria la manta que las cobija. Me como mis comentarios jondos, que no estamos pa-ésas, y al grano:

Encima del enfado que su fumar me produjo y del sueño joséysushermanos, me sentía agotado, como en la orilla de la gripe. La selva sagrada dariana en que me había ido a refugiar para huir de los abogados y para rumiar mis cervezas ahora me parecía el esófago de un monstruo, las hojas, pelos

excretando asquerosas sustancias con las que pre-
tendían disolvernos. Salimos del túnel de hiedra. El
cielo estaba blanco, totalmente blanco. Se acercaba
el atardecer otoñal. Apenas ver el cielo, terminé de
despertar, de salir del hoyo del subway en que me
habían arrojado con afecto filial, y me golpeó al pecho el navajazo de la familiaridad con que la Sariux
se había referido —ésta como la anterior vez— al
maldito vecino. Yo acababa de memorizar el nombre Paul y el apellido Lederer, Sarita de sololoy los
tenía en cambio bien comidos, mascados, digeridos,
ya eran "sus" nombres, los había recorrido parriba
y pabajo. Lo decía como si supiera manducarlo desde tiempo inmemorial. Me irritaba infinito el tono
en que lo decía. Y entonces me cayó como gancho
al hígado aunque fuera al cuello, una necia tortíco-
lis, que se me había enganchado aprovechando las
horas que me perdí en el chaise-longue. No me que-
jé. Me sobé nomás. Sarah me preguntó, porque es
de brujas saber leer la mente:

    —¿Te duele?

    Y pasó su mano derecha frente a mi cara para
acomodármela un instante en el cuello, en un gesto dizque tierno. Al pasar su mano frente a mis pro-
pias narices —que no las metafóricas— la olí, ese
olor inconfundible del coño frotado. ¡La puerca!
¡Encornándome con el vecino y luego resobándo-
melo en la narices!

    —¿Y los demás? —pregunté para acallar el
martirio y detener la cólera que estaba por tra-
garme.

    —Los otros abogados se fueron hace un rato.
Todo está arreglado. Querido: ¡le pegaste al gordo!
¡Felicidades! ¡Te estás llevando a casa un millón, y

es sólo un adelanto! ¡Un millón de dólares comple-
tito, el lunes lo tendrás en tu cuenta!

El millón, el cielo blanco, mi abrigo ensangrentado, la expresión en la cara de mis hermanos,
su mano apestando a cangrejo, la cólera que se di-
solvía en acidez estomacal, la nuca del taxista san-
grando: ¡un momento glorioso! Para coronarlo, la
Sarita me dio un beso en la mejilla. Me tomó de la
mano y me jaló hacia la casa. Yo la seguí, "¡que se
abra esta puerta, que no quisiera estar a solas con
tus besos!" Cruzamos la cocina en penumbras, la
oscura escalerilla chirriante, y pasamos al salón,
"voy a recoger mi portafolio". Todo se veía impecable, como foto. No quedaban huellas de la tetera,
ni de las tazas que usamos, ni los vasos, ni sombra
de documentos, impresoras o asistentes. Nada. Una
casa bellísima. Pero esto no era lo más notable: desde el piso de abajo se oía a la vieja nana canturrear,
o mejor será decir "cantar". No sé cómo explicarlo,
sí que cantaba, con una voz que cimbraría al más
frío. Pero no era una "interpretación" "artística"
—separo las dos palabras—. Era como un sin-que-
rer-queriendo, una tonadilla de placer con que la
vieja se arrullaba de gusto. Le di razón a mi rival,
el Lederer: esto había que grabarlo. Incluso en mi
estado supe que era excepcional. No sedante: ¡música, completa, joven! La alegría que la falsedad le
proporcionaba hacía que la nana vieja expeliera
—porque lo expelía, no había ninguna impostura
en lo que oíamos— un verdadero portento. ¿Quién
podía quedar impasible ante esta voz, esta música,
esta tonada, esta canción producto de un no-exis-
tente-mono-de-peluche? ¡Me protejan los dioses de
ver algún día cuál era el aspecto de aquello que "cal-

maba" a la viejilla! En cambio, lo que su serenidad producía, ¡qué daría por volver a oírlo! Pensé que, teniendo eso, ¿para qué demontres quería mi "novela"? ¿Si lo que deseaba era hacerse rico, no bastaba con poner en el mercado ese sonido? Un CD de la vieja se iría al topten zumbando hasta clavarse en el tope, se amacharía en el número uno del hit-para-de-universal: *el cd de la vieja chillona, ¡lleeeve, lleeeeve!, ¡lleeve, lleeeveeeee!*

No pensé en lo profundo que tendría que haber estado yo dormido para que el Lederer cruzara hacia su laboratorio a prender sus chunches y regresara a casa, ¿quién más había pasado frente a mi chaise-longue sin que yo me diera cuenta? ¿Cuántos había visto la pérgola cruzar? No lo pensé entonces, pero es obvio. Veía solamente que no quedaba huella, y la excepcional elegancia de su Parlor Room, que me humillaba. Nuestra casa no es sino un cuchitril a su lado. No se nos da, ni a Sara ni a mí.

De pronto caí en la cuenta de que el Lederer descansaba plácido en uno de los sofás de ese salón inmenso. Tenía los ojos entrecerrados, creí ver, aunque tampoco había la luz suficiente como para someter mi percepción a juramento. Estaba visiblemente desfajado, y esto sí que lo juro, por mi má. Nos vio entrar pero apenas se movió, sólo lo suficiente para reacomodar la cabeza donde pudiera saborearse a mi mujer en el espejo vertical que había entre las dos ventanas que daban a la calle.

Capítulo cuatro

Los domingos son rigurosamente el día social. Siempre hay algo que hacer que nos lleva o afuera de la ciudad o a Manhattan o a Park Slope o a Brooklyn Heights: el lunch con los no sé quiénes en su casita al lado del Hudson, la exposición de no sé cuál, los amigos que organizan vete a saber qué "escapada", el cumpleaños, la celebración, etc., etc. Como una excepción, el domingo que siguió inevitablemente al sábado, no venía vestido con algún compromiso o plan. Hasta las tres de la tarde, Sarah —y aquí entre nos, ahora que estoy escribe y escribe el nombre, ¿pues de dónde esa "h" al final, como pelo en la nariz, atchúúú-ú-h-h?—, Sarah no puso un pie afuera, ni yo. Ella estaba contenta, cante y cante como un jilguerito. Juro que la piel le resplandecía: era la viva imagen de una mujer feliz. Yo, chulísimo lector —si existes—, ni lo contrario, cualquier cosa habría sido mejor que mi situación de apaleado, puro tapete mojado por suelas enlodadas, me sentía maltratadísimo, pero ni hablar del culebrero, aunque, nomás por no dejar, digo que yo era como un periquito recién enjaulado. Creo que ni falta hace explicar los motivos de nuestros respectivísimos humores, ambos igualmente respetables y hasta con "c", respectables, porque eran automáticamente traducibles a cualquier idioma. Bastaba vernos para caer en la cuenta.

No me aligeraba el ánimo el millón de billetes y la promesa de que vendría por lo menos otro más en menos de un año —que así decía el contrato, estipulando que el porcentaje calculado por derechos sobrepasaría la dicha cantidad en diez meses, pasados los cuales reducirían mi porcentaje al uno por ciento—. Pero tan no era el millón lo que hacía feliz a la Sarita, como tampoco era el melón el que me caía sorrajado en medio del alma. ¿Cuál iba a estar yo para celebrar niguas? ¡Con esos cuernos puestísimos en la cabeza! ¿Hacía cuánto que los traía pegados y ni en cuenta?

Lo de los cuernos no era mi único malestar, se les sumaba que a partir del día siguiente nuestro vecino y yo íbamos a poner manos a la obra. Esto volvía mi humor todavía más siniestro, mucho. Yo escribo cuando me da la gana —que es muy pocas veces, como di a entender cuando lo de llamarme flojo— y así hago porque es un asunto *mío*. No un asunto personal, no, pero *mío*. Entiendan bien a qué me refiero con mío: soy extreñido, soy lo que por ahí llaman personalidad anal, y he dicho *mío*. Eme, i acentuada, o. Ahora que veo para atrás a ese domingo horrible, como que lo entiendo de veras. Escribo porque es lo mío *mío*. Escribir es mi territorio. O era, porque ya no sé si escribo.

Lo de los celos y Sarah, no sé cómo le hice, pero lo enterré durante la mañana. Me bastaba con lo otro, saber que tenía que ir al día siguiente a darlas. Sí, sí, ya sé que un melón de verdes, pero lo mío era lo mío... Sabía de sobra que los chacales y zopilotes acechaban mi segunda novela desde que la primera había vendido. Yo había decidido hacía mucho que era mejor echarme una siesta a perpe-

tuidad que darles para satisfacer su apetito de ca-
rroña. No, no, esto de escribir no tiene que ver con
el oro, no que me disguste ganar oro, pero lo que
no me parece es proveer a cambio de las monedas
con lo mío más mío. No porque escriba yo de mis
cosas íntimas —¡que me agarren confesado!, como
dicen en mi pueblo—, ni que yo no escriba (cuando escribo) para que lo entiendan pocos, de cámara, sobre lo íntimo. Pero lo mío es lo mío. Sí, sí, ya
sé que suena a "¡corre a ver a tu terapeuta!", pero
así es. O así era ese domingo, me sentía robado,
ultrajado. Quisiera o no quisiera yo darlo, el vecino me lo sacaría con tirabuzón con su máquina o
software o artefacto o como quieran llamarle —que
ya tenía nombre, pero no soltaba el güey la sopa,
no decía su nombre, lo guardaba con celo (hoy que
lo pienso, me dan ganas de gritarle:

　　—¡Desembucha, cabrón!, yo aquí suelte y
suelte la lengua y tú...)

　　Pero lo de lengua...

　　(Y continúo diciéndole:

　　—¿Por qué no lo dijiste cuando el mero principio? ¡Qué te traías?, ¿no que las palabras no tienen
ni cero importancia?, ¿para qué te guardabas el
nombre y repetías como un perico lo que yo acuñé,
"la novela perfecta" para hablar específicamente de
lo que estábamos haciendo, sin decirme cómo madres se llamaba el juguetito?)

　　Así que el domingo estaba que no me calen-
taba ni el sol, enfangado en lo que dije, desolado
porque me iban a quitar a huevo lo que yo llevaba
una década guardando porque era mío. Pero pasado el medio día, mi malestar se enfocó en lo de los
cuernos y me empezó a ganar la ira. Dejé de lado

mi ensimismamiento y en una de ésas que la Sarita
no se me desapareció esquivando el gancho de mi
guante, comencé el pinpón que aquí pondré, la pura mala entraña, me roían los celos:

—Conque lo conocías.

—¿A quién?

—Al tal Lederer... Paul, el vecino. Ayer te sa-
ludó por tu nombre.

—Pues claro que lo conozco; es nuestro vecino, cómo podría no conocerlo, dime.

—*Yo* no lo conocía, hasta que me abordó hace unos días.

—Porque eres un distraído. Vives en la luna...

—Sé todos los chismes en español de la cuadra.

—Who cares!

—¿Qué a quién le importan? ¡Vaya!: a mí.

—Saberlos sólo te aísla más.

—Espero que estés bromeando.

—Es lo único de lo que te enteras, una isla
adentro de una isla...

—¿Estás loca? Pinches provincianos, malditos
gringos, es el colmo...

—Dame un ejemplo de que no estás aislado.

—Yo sé lo de la muerte de Dorothy...

—¡Cómo crees! ¿Quién no sabe que la asesi-
naron en esta cuadra?

—¿Y por qué no me dijiste?

—Porque no es mi trabajo ponerte al tanto
de todo lo que ocurre. Te lo repito: no tienes los
pies en la tierra.

Decidí abandonar esa ridícula discusión con
la que no llegaríamos a ningún lado e ir al grano:

—Así que sí conocías al Lederer. ¿Por ser nuestro vecino? ¿Nomás por eso? Dime la verdad, orita, orititita.

—¿Por qué más, a ver? ¿De qué voy a hablar yo con él, dime? Es un genio, anda en su mundo de cyborgs y computadoras y quién sabe qués, no tengo nada qué decirle. Nos hemos puesto de acuerdo para la basura, yo pago una semana para que la saquen, barran las banquetas y regresen los botes, y él se encarga de la siguiente, nos alternamos. ¡Válgame!, qué pregunta me haces. Es un raro, Paul, lo sabe toda la cuadra.

Como no contestó a mi pregunta, no pude reprimir regresar a la batalla perdida:

—Yo platico con éste y el otro, no me digas que yo "spanstooping out", hablo...

— Platicas con los homeless, las nanas y las afanadoras. Ni así te enteras de que a quien le damos cinco dólares por semana es a tu amigo el Bobby...

—¿A Bobby? ¿Qué?

—Tu amiguito puertorriqueño, sí, para hacerse cargo de la basura y la banqueta. No lo sabes porque te niegas a hacerla de buen vecino.

— Claro que me niego. Soy escritor, celo mi intimidad más que nada en la tierra.

— ¿Escritor de qué? Dime. ¡Hace cuánto no publicas una línea?

—Soy escritor, no publicador...

—Eres un holgazán, eso es lo que eres.

Jamás me había dicho lo que yo me repetía día y noche, por ser más que la verdad, ¡rájale!, y apenas lo escupió y que se lanza con un tralalí, tralalá tralalílalalá... ¡Se echó a tararear un chopancillo y a mirarme con dulzura!, por si fuera poco, que se suelta el hermoso cabello y zarandea su cabecita y en lugar de dejarme mondando mis pesares a solas... el pleito con la Sariux provocó lo que yo menos deseaba, que la dama me jalara a la cama a una revolcadita que no estuvo nada mal.

No abundo en detalles porque, hablando de míos, la Sarah es mía y no estoy para andar compartiendo los placeres que me da, y los que le doy pus menos. Apenas terminar con nuestro negocio, que se me viene encima la nube. Sarah la vio caer en mi cara, y me dijo algo así como: "¿Qué tienes?" Y sola contestó: "Estás ansioso. No te nos vayas a deprimir. Es día de fiesta. ¿No ves que te harás millonario? Te ganaste ayer un millón, completo, sin contar impuestos... ¡y los que vienen!"

Saltó de la cama bailando y brincoteando, sin dejar de hacerlo se vistió, y báilele y báilele *me* vistió, me puso los calcetines, la camisa, ¡Salomecita!, sin dejar de menear el rabito... Sin preguntarme ni decir agua va, al dar exactamente las tres de la tarde salimos de casa. Ahora caminamos hacia la derecha, hacia la Quinta Avenida. Ese lado de Dean es considerablemente mejor: las casas se alinean como dios manda —excepto en un punto en la otra banqueta—, antes de llegar a la esquina está la iglesia, una también como dios manda y no un vulgar auditorio con cara de "aquí entras para que te desplumemos, págale antes de pararle de su[f]rir", porque la de Surir parece auditorio secular que da a los asistentes la certeza de pertenecer a una moderna corporación viento en popa en sus negocios. Esta otra ¡noooo!, es una iglesia deveras, de las de cura y todo, como la que conocí cuando me llevaban a espaldas de mis papás las muchachas —a escondidas me bautizaron, a escondidas me dieron la primera comunión, a escondidas dejé que redimieran al judío—. Casi igual, porque la de aquí en lugar de tener padrecito, tiene un cura mujer. No les gustaría nada a las muchachas mis iniciadoras en los misterios de la fe, seguro que no.

Pasando la iglesia, está el edificio que siempre huele a café porque uno de sus pisos es una tostadora para el de pobres, mientras lo tuestan queman un poco de azúcar para darle color y hacerlo rendir más, un olor que me encanta. La pared sin gracia, de cemento desnudo, flanquea la parada de camión. Enfrente, del otro lado de la calle, siempre hay niños jugando afuera del edificio de departamentos en el que vive una legión de hispanos, las ventanas también siempre abiertas, a menos que de verdad haya demasiado frío. Es un edificio de ladrillos pero no termina en ellos, se desborda, echa a la calle voces, música, hilos tendidos para secar la ropa, llantas de bicicletas, se le salen las cosas como si estuviera a punto de reventar. En la Quinta giramos a la derecha, pasamos el despacho del contador, el pequeño negocio de envíos de dinero y dos pasos después entramos al *Yayo*.

El *Yayo* es una institución. Abrió restorán cubano hace 45 años, ahora es dominicano. Los domingos a la hora de la comida se llena en español, a las tres de la tarde abundan familias, parejas, grupos interraciales de amigos, todos hablantes de mi lengua, comiendo a las horas y los ritmos latinoamericanos. Entre semana hay siempre clientes, pero menos, lo que no cambia es que se habla, por supuesto, español. Algunos de los meseros no saben una palabra de inglés. El volumen de las pláticas, los olores, el aspecto de la gente, el decorado del *Yayo* y los guisos son un viaje: de pronto estamos en nuestras tierras. Ni qué decir que la Sarita odia el sitio, casi tanto como me gusta a mí. Cada que entramos, corremos sobre la misma línea, sólo que yo hacia la derecha, a los casilleros de los números positivos y ella hacia la izquierda, hacia los negativos: menos uno los tostones ("¿Cómo pueden comer esto tan reseco?"), menos dos el pan que llega calientito y con su untada de manteca ("So dry!... and this false butter!"), menos tres la sopa, menos cuatro el vino (acepto, es malísimo, el recurso es pedir "Presidente", la cerveza dominicana), menos cinco el pollo reseco, y yo en cambio (con cada tostón, pan, asopao de camarón, hasta por la ensalada que es totalmente insípida) brinco ascendiendo los positivos, del uno al diez, porque el *Yayo* de verdad me inspira. Pero esta vez la Sariux no se quejó. No abrió el pico sino para charlar como si fuéramos los mejores amigos. No se quejó de nada, ni de la música, ni del ruido de las conversaciones, ni del pan: ¡de nada! Estaba encantadora. Regresamos a la casa otra vez a atorarle, nos volvimos a vestir y al cine, a BAM, a ver ya no me acuerdo ni qué. Sí, una peli que trataba de un hombre atrapado en su propia pesadilla, pero no era ni *Memento* ni *Eternal sunshine* sino otra, me confundo.

Comimos un bocadito en el restorán malayo que a mí me encanta —otra concesión de mi Sarita: es como una fonda miserable, sólo que en lugar de virgencitas de Guadalupe hay altares con Budas y, en lugar de moles, una especie de machaca de pollo guisado con mango, para mi paladar extraordinario, a ella no le hace ningún tilín porque no tiene ningún "estilo", es un cuchitril—, y regresamos a casa. Apenas entrar, Sarah miró el reloj —"Oh my god!", dijo—, y se metió a la cama de un clavado. En un santiamén se quedó dormida.

Regresé a mis sinsabores, que eran muchos. Para comenzar, saber que desde el día siguiente yo mismo iba a ser carne para zopilotes. Entre mi mujer y el pócar de trajeados estaban por caerle a dar cran a lo más mío, iban a meter a mi alma sus picos-billeteras. Y esto me deprimía y repugnaba. Encima de lo trapo, los cuernos bien puestos. Seguí en mis miserias hasta que el que vio el reloj fui yo, pasaban de las dos, entré de puntillas al cuarto, como una experta estriptisera fui dejando mi ropa exacto donde caía, me metí con sigilo en la cama. Sarah me daba la espalda, estaba profundamente dormida. Yo, intenté encontrar acomodo, pero ni pude ni nada de sueño. Me senté, los ojos ya acostumbrados a la oscuridad, me eché a la boca un Ambion, pasé un trago de agua. Me volví a acostar. Como en el cuento de Arreola, "Pueblerina", como aquel personaje que amaneció con cuernos, yo me empitoné la almohada. La cabra de mi alma se repetía y repetía "¿Desde cuándo el Lederer le pone a mi dama?"

No me dio tiempo de pegarle un patadón a la dicha cabra, o decidir no torturarme más, archivarlo como una de cal por las que voy de arena, que no han sido pocas, porque el Ambion me amparó con sus beneficios y caí archivado en un limbo donde nada se ve, se siente, ni es.

Capítulo cinco

Mucho limbo sería, pero no eterno, porque llegó tras éste el lunes y sin un respiro ya estábamos en martes, el miércoles, el jueves, y al fin del jueves la noche.

Trabajamos estos días "grabando" los siguientes tramos de mi novela: la comida dominguera en el jardín de casa de Manuel, donde las dos familias departían amistosamente, mamás y tías incluidas; la vida de familia de Manuel, la de Ana, sus respectivas miserias conyugales, los hijos, las frustraciones y pequeños placeres de la vida cotidiana, sus rutinas; ya estábamos por llegar a la siguiente entrevista erótica de los adúlteros, a la que no la rondaría la violencia, pero al término de la cual se iba a desencadenar la tragedia que daría comienzo a la verdadera trama de la novela. Lo que había hecho era como pintar el paisaje, sentar los puntos sobre las íes, formular dónde iba a ocurrir la acción. ¡Y qué acción! Una semana más y la novela perfecta estaría legible, visible, accesible o como se diga.

Pero extrañamente, cuando las cosas iban a ponerse preciso bien, yo comencé a sentir una asomadita de aburrición. Sí, sí, aburrición: perdí todo interés. Y eso sí que no, yo puedo con todo, pero no con la aburridera. Pasé la noche del jueves con los ojos pelones, imaginando otras novelas. Lo que fuera, menos la que ya me sabía. Algo por cierto bastante extraño, porque nunca me aburren mis imaginaciones u obsesiones, soy capaz de guardarlas por mucho, mucho tiempo en mi cabeza. Claro, ya no las estaba guardando en la cabeza. No. Eso era el asunto, el quid del asunto, el cuore de mi desapego... Imaginaba, imaginaba, sin encontrar bien qué, como papaloteando imaginaba, no quería continuar contando lo que ya conocía. No me pregunten por qué, aunque yo les contesto que se me hace que lo que necesitaba era evadirme de mi percepción del domingo: la certeza de que dar mi novela así me ultrajaba. Dar era darlas, dar las nalgas. ¿Por qué? Yo la ponía sobre la charola completa, el software del Lederer la fijaba tal como yo la imaginaba, completa, perfecta, con todo tipo de sensación. La transmitía impecable, pura, prístina, ideal. Repito: perfecta. Decir transmisión es una pendejada. No la transmitía: la novela estaba, era real, era. ¿De qué podía yo quejarme? Pues me quejaba y sentía eso que ya escupí, que las estaba dando y dando, yo era un chichifo del coco. Chichifo: como los jovencitos que vendían placeres en Sanborns del Ángel a fines de los setentas, ¿cómo se llamarán ahora en México?, ¿dónde los contratan los hombres decentes?, ¿hay todavía la costumbre?, debe haberla, porque la decencia —como la cosecha de mujeres— nunca se acaba.

Mi desapego era en parte porque no quería dejarla ir, no quería yo soltar mi novela. Eso que yo llevaba años acariciando hasta el último detalle como lo más preciado del mundo, del universo, al ser compartido perdía para mí enteramente su imán. Me aburría. No quería seguir con eso. Y me decía:

"Si pudiera encontrarle una salida que evite que yo la entregue tal como en realidad es... si pudiera imaginarla con otra salida, dejar enterrado el destino de mis personajes donde nadie jamás lo toque y dar a los cerdos una cerdada ad hoc... algo aparatoso, algo muy llamativo..." Me lo decía sin decírmelo. O sí, mediomelodecía, rondándolo.

La noche del jueves explotó esta sensación enteramente, y quién sabe a qué horas me quedé dormido, luego de imaginar insensateces infinitas. Me despertó Sarah, me trajo un café a la cama antes de salir pitando rumbo a la oficina.

—You didn't sleep last night.

Ay, sí, qué notición. ¿Para qué me informaba de algo que yo supersabía?

—You're telling me? ("¡No me digas!", le dije.)

—You should have taken an Ambion, at least half a pill,

que porque si no yo no iba a trabajar bien, que la novela iba a retrasarse, que teníamos que cumplir con un deadline... que si yo creía que un millón era cosa de juego, que estaba impuesto el castigo si... ¡Por un pelo no le aventé el café a la cara! ¡Era lo último que yo quería oír! Me enardeció la sangre. "¿Además de ponerme los cuernos cree que me tiene atado de su vaca de establo, dándole leche fresca a diario? ¡Ay sí! Pinche vieja. ¡Pinchemilveces vieja, vegetal, vejestorio, viejaputa!", me dije que le dije.

—Don't you dare fall asleep again!, me rajó la muy mierda y salió pitando como acostumbra. La oí cerrar la puerta. Me senté en la cama. Me llevé el café a los labios. ¡Me supo a chivo! Pegué una mordidita al pan tostado: tenía un resabio a ajo.

Dejé mi plato sobre la mesita de noche. Entré a la regadera todavía furioso. Me ardía la piel por no haber dormido. La luz me irritaba. El agua era lo único que yo quería sentir. Prolongué la ducha. Cuando cerré la llave, me sentía menos miserable. Ignoré el café frío y bajé a prepararme uno como dios manda. Lo bebí tan despacio como pude.

Estaba más tranquilo, pero sobre todo como sedado. Con ese humor llegué a la casa del maldito Lederer. Toqué el timbre y al timbre siguió el ritual de siempre: vino en el sofá volador a recogerme a la entrada, ya con mi taza de café en la mano, pasamos un momento al tapanco electrónico a que él activara bla, ble y blu, el tiempo suficiente para que yo me tomara el café, acomodó los sensores bajo mi lengua y nos aparcó o estacionó, o como quieran decirle, en medio del cajón vacío de esa browntone pura piel.

Ese pequeño ritual tuvo un inmenso efecto reconfortante. Muy a pesar mío, empecé a imaginar sin repelar. Digamos que me fue irresistible. ¡No recordaba un pelo de lo que había pasado la noche anterior, en el interminable insomnio! ¡Como buena vaca de establo!

Y la vaca que fui vio una ventana y a través de ésta las frondas aún tupidas de árboles como los de los jardines traseros de nuestras brownstones al comenzar el otoño, las hojas grandes, maduras, verde apagado, de ésas que están a punto de caer. El viento las quiere hacer bailar, apenas responden con un dulce bamboleo de perezosas. El viento insiste, las hojas, como barcazas viejas, en buen número se desprenden, más que caer naufragan; hojas lentas, flotantes. El cielo azul encendido se deja ver entre las ramas. El sonido es tan bello como la vista, ulular de olas de mar y sonar de la luz raspando contra la arena y la superficie del mar. Un placer dulce entraba por los ojos y los oídos.

Atrás de este soplar del viento sobre las frondas se oye algo más, igualmente dulce y también con un resabio de algo amenazante: los quejidos de nuestra pareja de amantes. Ella, Ana, tiene las piernas trenzadas sobre el tronco de Manuel, los dos pies juntos sobre su espalda, los zapatos de tacones delgados sobre los pies desnudos. Él la está montando, con los brazos extendidos le levanta el torso, ella alza las piernas y él se menea, se menea, de su cabeza y pecho resbalan gotas de sudor. Los dos se quejan, gan, guen, hn, ghn, no puedo reproducirlo con letras; los dos tienen los ojos cubiertos con antifaces oscuros (en la orillita del que ella trae puesto imaginé una pequeña etiqueta de British Airways, el tipo de detalles que corregimos, que borramos al final de una sesión de trabajo porque no significan, se han colado de chiripa). Ana le encaja el tacón del zapato un poquitín en la nalga, acicateando al amante, y él responde cayendo sobre ella con más vigor, separándole esos pocos centímetros amorosos con más celeridad para otra vez llegarle con más fuerza y con un ritmo más rápido, y ella encaja ahora el otro tacón y él más, le da más, y los dos quejidos dejan de sonar lánguidos, se vuelven más dolientes. El viento arrecia, sacude las frondas, caen muchas, muchas hojas, se oye un "¡ayyy!" masculino, puro dolor, y Manuel se desploma sobre el torso de Ana.

Ella le pica otra vez con el tacón, luego con el otro. Nada, Manuel no responde. Le hierve la sangre, lo retira de sí, "¿Qué te traes?", le dice, "¡Dame!", y no obtiene ninguna respuesta. Enfadada, baja las piernas, tira los tacones, se le escurre para zafarse de la pesada carga, con dificultad consigue librarse del hombrón desnudo —Ana es menuda, bajita y delgada, Manuel alto, de corpulento corpachón— y se quita el antifaz.

Manuel se ha desmayado, está desvanecido, inerte.

—¡No juegues! —le dice Ana—, si ya te veniste, total, te perdono, sí, me enojo, pero no me bromees así, me asustas...

Está sentada sobre la cama con las dos piernas cruzadas entreabiertas. Se toca la vulva para sentir si está bañada en semen: nada. Menea a Manuel. No responde. Le quita el antifaz: tiene los ojos bien pelados, abiertos de par en par, con el negro de las pupilas grandotote. No se reduce el tamaño ante el baño de luz de la ventana. Ana le pone la mano frente a la nariz: nada. Lo voltea y le pone las dos manos sobre el pecho: no se siente nada. Con las dos manos le bombea el pecho: "¡Responde, responde, responde! ¡Corazón: responde!" Nada. Le da respiración artificial. Nada. Manuel está muerto como una piedra, y como una piedra conserva la erección.

El autor, yo, irrumpe en la escena, estoy en el centro de su habitación. "Igual que yo", digo, hablando a los lectores e invisible para los personajes, "eso es lo que es un hacedor de historias: un cadáver y una erección. No el polvo enamorado en un futuro del que hablaba Quevedo, sino una erección en vivo y un cuerpo, un yo, que es fardo, que es muerte. Yo soy esa verga parada, con eso escribo.

Yo soy ese cuerpo fallecido: por eso escribo, porque soy un cadáver. Yo soy el vivo muerto, el que habla con los muertos mientras desea a los vivos. Soy uno más de mi ejército. Lo mismo fue Scherezada, la hija del visir que se sacrificó para que otras siguieran viviendo, la que puso un pie en la tumba y el otro en el lecho del rey."

Mientras yo hablo, Ana continúa abstraída en su infierno. Como dije, el escritor se había colado, pero sus personajes ni cuenta. El horror de verse descubierta era minúsculo al lado de saber a su amado ido para siempre. Como había entrado ya el escritor a la habitación de la escena de sus personajes, el ojo que ve la novela se puso andarín: atraviesa la pared del cuarto de hotel, desde la terraza con árboles del séptimo piso observa el ajetreo de la Zona Rosa, su caos exagerado de viernes en la tarde, los coches embotellados, el hormiguero humano... El ruido de la ciudad de México entra a escena invadiéndolo todo. Ahí se ven los grupos de mendicantes, indios los más, algunos grupos caminan, otros están sentados en las banquetas, entorpeciendo el paso de los muchos peatones, las mujeres con niños envueltos en sus rebozos, los grupos de niños y niñas vestidos con andrajos y sin zapatos, suplicando por monedas; las prostitutas de doce, trece años taconeando zapatitos dorados que parecen de muñecas; los jovencitos que se mercan; hombres con lentes oscuros distribuyendo entre los paseantes y automovilistas tarjetas de bares que ofrecen "espectáculos en vivo", table-dances, streap-teases, burdeles para reprimidos, exasperación para fisgones; vendedores ambulantes, turistas mareados, mensajeros en bicicleta esquivando peatones y automóviles.

Ana marca a la recepción y pregunta si hay un doctor:

—¿En el hotel? —contesta el recepcionista.

—Precisamente —dice Ana, a punto de gritarle—: un doctor en el hotel.

—No lo creo.

—¿Cómo que no "lo cree"? ¿No hay un doctor a la mano?

—No, no usamos de esto, no es hospital, señorITA —subrayó el señorita, pues sabían de sus entrevistas rutinarias con el hombre casado, sin tener informes de que la "señorita" era la esposa del socio y mejor amigo de su amante.

—¿Alguno aquí cerca? ¿Alguien discreto?

—Déjeme preguntar a mis compañeros.

Se oye en la bocina el chachareo de los chicos de recepción seguido por el de los botones, "Que la señorita del 707 quiere un doctor. ¿Alguno sabe?" Y el Ojo de la novela deja a Ana con el teléfono pegado a la oreja y baja a recepción: el caos de la ciudad se ha colado también al hotel, un camión cargado de turistas gringos de edad provecta acaba de descargarlos, vienen llegando de la playa como puede verse en sus pieles coloradas, los sombreros, la fatiga, las bolsas de plástico repletas de chácharas, y los siguen hordas de vendedores ambulantes que los botones atajan y regresan a la calle, sólo para que se peguen una vez más al siguiente grupo de vejetes que, intrigados por su mercancía —falsas piezas prehispánicas—, les dan entrada, pero que los olvidan al ponerse en fila para registrarse en el mostrador, ansiosos por la espera.

El recepcionista repite: "¡Que si alguien sabe de un doctor!", a voz en cuello.

azúcar, calidoscopios, rehiletes, yoyos y baleros decorados con mikimauses, mantelitos para las tortillas de hilo blanco de algodón deshilados a mano y planchados con almidón. El Ojo de la novela continúa pegado a la legión de vendedores cuando el enfermero, bien vestido de blanco, despachado con celeridad deefeña, regresa con los tres platos de tacos, llama ahora con el codo a la ventana del chofer, quien está oyendo en la radio otro narcocorrido:

El agente que estaba de turno en aquella inspección de Nogales
por lo visto no era muy creyente y en seguida empezó a preguntarles
que de dónde venían, "dizque tráiban" dijo el jefe de los federales.
Muy serenas contestan las monjas, vamos rumbo de un orfanatorio
y las cajas que ve usted en la troca son tecitos y leche de polvo
destinados pa los huerfanitos, y si usted no lo cree pues ni modo.

El enfermero entrega al chofer sus tacos, abre la puerta trasera y brinca donde la doctora, cierra la puerta atrás de sí, justo en el instante en que el tráfico se mueve, no demasiado, ¿qué será, cuatro pasos?, y vuelve a estancarse, inmóvil, vibrante, sonoro, atizando a los vendedores ambulantes, que contraatacan con pregones o exhibiciones silenciosas, una nube de colores menos metálicos que los de los autos, pero más estridentes.

El Ojo de la novela deja la ambulancia, corre de vuelta las seis cuadras, sube por la pared del Hotel Génova, cruza la terraza con árboles, entra por la ventana al cuarto de Ana y la encuentra con el teléfono al oído, esperando *todavía* alguna respuesta de la recepción. Se han olvidado de ella. Yo sigo de pie al lado de la cama y retomo mi "monólogo del creador", que aquí, con permiso de los presentes, me ahorro. El Ojo de la novela no se ancla en nosotros, baja por las escaleras del hotel, hacia el caos de recepción —la bocina del teléfono está descolgada, nadie la atiende— y sube de inmediato, como yoyo de los que acabamos de ver en venta. Ana cuelga el teléfono. Le limpia el sudor al cuerpo de Manuel. Le acomoda el cabello. Le besa la cara. Se sienta junto a él y continúa lo que había quedado a la mitad: abre las piernas de par en par, las dobla, apoya las plantas de los pies sobre la cama y se masturba, frotándose la vulva y los pezones alternativamente, mientras a su lado, del otro lado de la ventana, el viento sopla y sopla, y las dos hojas caen, hasta que —a coro de mi monólogo de creador— Ana se viene, con un quejido sonoro y largo y apenas hacerlo se echa a llorar. Y yo me callo, se termina el monólogo del creador. El miembro de Manuel sigue erecto, Ana se arrellana en la cama a su lado, bañada en sudor, se queda dormida y comienza a soñar.

Abruptamente di por terminado el tramo. Dije en voz alta: "Fin del capítulo. No sé si quede lo de las hojas, es un miscast: en la ciudad de México prácticamente no existe el otoño, los más son árboles de hojas perennes. Pero va bien, tal vez lo dejo."

—¿Fin del capítulo? ¿Tan corto? —preguntó el Lederer—. ¿Tan corto? —repitió.

—Tiene que acabar ahí, en la erección y el autor y la rorra dormida.

—Yo firmé que no iba a intervenir —dijo el maldito—, pero es verdad que eres un holgazán. No puedes hacer capítulos tan diminutos.

—El convenio que firmamos dice "capítulo por día", sin especificar el número de páginas. ¿Qué quieres? ¿Qué arruine la novela?

—¡No! —se rió—. Lo que quiero es que, sea la mierda que sea, la acabes cuanto antes. A este paso no vamos a ir a ningún lado. Necesitamos este producto terminado cuanto ya, por dios, damn it! Hoy no avanzamos sino un puño de segundos.

—Minutos.

—Cuatro minutos y 59 segundos, más tu discursi que, creo, aceptarás, hay que tirar por el zinc.

Él dijo zinc, pero yo pensé "fregadero". ¿Me iba a tirar por el fregadero? ¡Nomás faltaba!

—Tú dijiste, tú firmaste, Lederer, que quedaba exactamente como yo la escribiera. En buen español: "¡te chingas, güey!"

—No, no, yo no me chingo —me contestó en un español bastante decente de acento y muy regularcito de gramática—. Acaba ya con tus cochinadas y masturbaciones cuanto antes, por favor. Yo tengo un deber que cumplir. Come on, man! I beg you! Work! Continue! Go on! Please! ¿Cuándo vamos a acabar si no?

Y cruzó como sin sentirlo a su lengua pérfida, que de Albión viene y, ya lo dijo Shakespeare, la dicha lo es: "Claro que vamos a acabar, y ya pero ya. Estamos trabajando con el tiempo de lectura y con el tiempo de percepción, que es más corto todavía, no con el que lleva escribir. ¿En cuántas horas se escribe una novela? En muchas. Se le percibe en un tris. Debemos terminar este trabajo la próxima semana." Y agregó con brusquedad: "¡Ya!"

Yo, ya lo dije, soy un artista, no una vaca de establo a la que medicinan para hincharle las ubres y sacarle jugo noche y día, o nomás a veces, pero nunca he dejado de tener mi dignidá. ¿Creía que podía exprimirme así como así? ¡Nomás faltaba! Me enchilé.

Zarandeó nuestras sillas, como si estuviéramos en un carrito chocador de la feria, un poquitín para atrás, un poquitín bruscamente para adelante, y de nueva cuenta. Lederer estaba furioso. ¡Qué berrinche!

En el fondo, el güey, aunque le estuviera poniendo a mi mujer, me caía muy bien. Aunque me estuviera arruinando la vida, me caía bien. Además, soy mexicano, no soy de los que dicen que "no" a lo bruto y pelean y se meten en líos. Como buen mexicano lo que hago siempre es, por decirlo en neta, sacar el bulto. La verdad es que el capítulo —en mi plan original— no acababa ahí, iba a ser en efecto del mismo largo que todos los demás, pero no sé qué me pasó, que en el instante que Ana comenzó a soñar le vi cierta transparencia que me dio no sé qué y comprendí que tendría que reajustar la escena, y como estaba en ánimo poco vigoroso, pues me distraje y preferí parar el carro. Lo hubiera retomado sin problema —con la pausa del sueño la escena podía recomenzar en otro punto— y muy por las buenas, pero, así el güey cayera bien, su actitud me pudría, y además no era mi día, Sarah tenía razón, debí tomar un Ambion... Aunque Ambion o no Ambion, el Lederer haciéndola de carritos chocadores, como un jefe regañón de caricatura, no ayudaba nadita. Porque él seguía con sus zangoloteos. Sentí que mi calabaza estaba desierta, pero con tal de no pelear, intenté:

Cerré los ojos y me refugié hondo hondo en mí mismo, puse en off mi lado creativo —si es que tengo un lado creativo— y me puse a imaginar cualquier cosa, algo que no importara y que me sacara del aprieto. Hice rebotar al Ojo de la novela, regresamos al caos de la ciudad de México, volvimos al cuarto, sin mayor explicación borré al autor y en otro rebote aventé al Ojo de la novela otra vez a la calle. En medio de la vorágine del Deefe de viernes por la tarde y en día de pago de quincena, cae sobre el Hotel Geneve un escuadrón de la policía. ¡Qué despiporre! Cuando el operativo entra en lleno al Geneve, ya no quedan viejos de los recién desempacados en la recepción, porque para esto los recepcionistas han sido extremadamente eficientes y expeditos. Se les olvidó por completo llamar una ambulancia, pero pusieron a cada viejito en su cuevita. Así que los polis en uniforme de unidad especial, cascos, uzis, botas negras, irrumpen —como diría un parte policiaco— por las puertas delantera y trasera con armas en mano. El gerente del hotel sale de su oficina, "¡Un momento! Esto no es un hotelucho, es el Geneve Calinda!", pero nadie lo escucha, "¿Quién manda?", insiste, "¿Quién es su comandante?", alguien le señala a un gorila que viene atrás, "¿Dígame, joven?", "Mi comandante, el Geneve Calinda es un hotel de cuatro estrellas, no pueden entrar así a aterrorizar a nuestra clientela",

"Lamento decirle que sí que podemos, traemos orden de cateo para el hotel completo", "Pero mi comandante, es el Geneve Calinda", luego del zalamero *mi comandante*, se lanza a decirle todos los motivos de orgullo que sabe recitar como el bien aplicado estudiante que recuerdan sus huesos: "Aquí se hospedó Lindbergh reiteradas veces, cuando era amante de la hija del embajador gringo, Dwight Morrow; estamos abiertos desde 1907"... pero el gorila le contesta con una mirada gélida de tapaboca y el gerente, atemorizado y hecho un pollito, corre hacia la oficina a llamar al abogado del Calinda, "no es posible", se dice a sí mismo repetidas veces, intentado contactar al bufete. Mientras tanto, en plena recepción un poli no uniformado se lanza sobre una de las computadoras mientras los demás suben por los elevadores y bloquean escaleras.

Ana escucha a las mucamas: "¡Hay un operativo policiaco!, ¡corre y avísale a la salvadoreña que se pele!" Ana toma su bolsa, zapatos, vestido y otras prendas, y sale destapada, deja la puerta abierta, se mete al cuarto vecino, el ropero de la lavandería. Justo a tiempo, los elevadores desempacan un puño de polis que van golpeando puertas a porrazos mientras una aterrada mucama que engancharon en el piso anterior las va abriendo de una en una. Ana se avienta al gran canastón de la ropa sucia, enterrándose en éste bajo las sábanas y toallas sucias, con su ropa abrazada. Apenas a tiempo, los policías husmean desde la puerta la lavandería, porque oyen a un colega gritar: "¡Aquí hay un muerto!". y todos corren hacia Manuel.

Estamos —quiero decir, el Ojo de la novela— con Ana bajo la pila de ropa sucia. Ana quiere llorar. No se atreve a moverse. Aún se escuchan pasos. Pasa el tiempo. Ana se queda dormida y sueña:

El sueño de Ana
Que está con el rey Moctezuma, en la esplendorosa ciudad de Tenochtitlan del XVI. Los llevan en andas sobre un fastuoso palanquín, cruzan la Avenida Tacubaya bordeada de ambos lados por inmensos lagos. Al frente, los templos, el mayor inmenso, los que hay a su lado custodian agrupándolo con los volcanes y cerros del Valle. Ahí está el Popocatépetl, ahí el Iztaccíhuatl, el Pico del Águila atrás de ellos coronando el Axochco —hoy lo llamamos el Ajusco, lugar de ranillas, floresta del agua.

Ana va al lado del emperador Moctezuma, ¿es su amante?, ¿una de sus esposas? ¿Su hermana? La avenida ha desembocado en al centro de Tenochtitlan, ahora los custodian hermosos edificios pintados con las formas características de los aztecas, aquí y allá hay las más bizarras e inmensas esculturas. La ciudad completa es una joya. Llegan a la Plaza Mayor, al palacio de Moctezuma, a unos pasos del Templo Mayor. Todo es ceremonia, extienden un tapete de flores rojas para que las plantas del emperador no huellen la tierra.

Los esperan en un salón los hombres principales del imperio. La nueva ha corrido ya: un puño de extranjeros con armas que echan fuego por la boca han desembarcado en la costa. Vienen montando inmensos animales, como perros pero de gran altura. Han quemado sus naves. Tienen las barbas rubias y el cuerpo cubierto de armaduras de metal pulido.

Entra uno de los heraldos, lo siguen algunos artistas que van desplegando sus códices o libros con las pinturas de los recién llegados.

Sobre los códices se ve una escena en la que se pierde el Ojo de la novela:

**Lo que el códice cuenta
adentro del sueño de Ana**
Al lado del acueducto de Chapultepec —a unos pasos de donde está el hotel de Ana—, un grupo de niños se tunden a golpes en franca batalla campal. Tendrán once, doce años. Todos traen una coleta trenzada, signo de su inmadurez, de que no han aún participado en una batalla. Se revuelcan en el polvo, se siguen golpeando, aquel cae descalabrado, la batalla se detiene, los niños están asustados. Uno habla, y contesta otro, en sus lenguas hay la punta del maguey clavada, un castigo. ¿Qué se dicen? Hablan en náhuatl. Levantan al caído, alguien le da agua, lo limpian. Camaradería, risas.

Fin del Ojo en el códice
El hombre que ha extendido el códice que visitó el Ojo de la novela, lo cierra. Tiembla. Tiene miedo. Siente pesar en su corazón. Cree que los dioses los están abandonando. No se atreve a decirlo por temor a la ira del emperador. Se suelta a llorar.

Ana ha observado toda la escena, aunque sea mujer. Pero las mujeres no pueden estar en una reunión de este tipo en esa ciudad de entonces, imposible; está bien mentir pero ahora sí que ni en sueños, me fui hasta la azotea, el tabú contra ellas... Y además ¿qué demonios hace Ana soñando esto cuando está

en el contenedor de ropa sucia, en medio de sábanas sucias de quién sabe quiénes, desnuda y aterrada? ¡Y se le acaba de morir su Manuel!, ¿cómo voy
a creer que se ha quedado dormida *una segunda vez?*
¡Me fui hasta la cocina! Ni Ana está ahí, ni entraron los polis, ni menos todavía Moctezuma y niños
dándose moquetes y asesores chillones...

    ¡Qué sarta de pendejadas!

    Apenas pensarlo, me distraigo. No puedo con-
tinuar con mi retahíla de mentiras. Me repugna.

    Dije "distraigo", ¿qué estoy diciendo?, la ver-
dad es que me dio algo parecido a vergüenza, me
cayó el veinte de que mi arrojo era una bobada...
Perdí por completo el hilo.

    —Damn it! —escupe el maldito Lederer—.
What's happening? Everything's getting blurry, con-
fusing... We're losing her, man!

    Me saqué los sensores de la boca, y me dis-
culpé con él.

    —I'm sorry, tomé un track equivocado y me
he descarrilado, qué quieres...

    —Quito esta última basura y vamos a dejarlo
donde decías, acabamos el capítulo donde decías.

    Ya sin berrinches, en otro tono y viendo que
ahora era yo el que estaba atribulado, continuó:

    —¿Vale? ¿Un café? Salgamos de casa un rato,
a la vuelta vemos si quieres terminar ahí o no.

    Lo de salir me encantó. Ya no tenía para dón-
de ir ahí metido, nada con Ana, nada con los polis,
nada con el pobre gerente, desmoronado en su oficina, pensando que ha perdido el empleo justo cuando su hijo está por entrar a la Ibero, la universidad
de los jesuitas, "el primero de la familia que iba a
sacar el cuello". Por mi mexicanada de no haber di-

cho que no a su debido tiempo y por no entregarme a lo que estaba "narrando", me había metido en un berenjenal sin ton ni son. ¿Salir? Nada podría sonar mejor. Tenía, insisto, algo como pudor. Esto de ser mexicano es así: no dije "no" cuando quería decir que "no", comencé por hacer mal las cosas voluntariamente, luego traté de sacar mi barco del lodazal y, al no poder, sentí vergüenza... ¡Tan fácil que es para otros decir no al no y sí al sí, y actuar conforme a lo dicho! ¡Pero nosotros! Eso no es herencia azteca, sino entrenamiento colonial. Pero discursis, ¡a la bodega, que aquí no hay tiempo!

Así que lo de salir que proponía el Lederer... ¡yes yes y súperyes!, asentí con la cabeza, y mi "sí" era un recontrasí sincero. El Lederer corrió los últimos segundos y dejó la imagen suspensa. El efecto de estos últimos segundos, cuando estábamos "perdiendo" a Ana, era algo la verdad que genial. Parecía que Ana misma se desvanecía, volviéndose, como en un cuadro de Remedios Varo, parte de las sábanas, o las sábanas que la envuelven parte de ella misma. Visualmente era genial, deveras.

—Mira —le dije al Lederer apenas pusimos un pie en la calle, cuando él estaba cerrando con llave la puerta—. No se veía mal. ¿La borraste?

—¿Qué? —me dijo, llevándose la llave al bolsillo.

—La parte final, cuando me desbarranqué. ¿Nada mal, no?

—No sirve, es un desecho.

—Sí, ya sé, pero ¿la borraste?

—¿Para qué la quieres? It's a mess...

—Creo que se ve suavísimo. Quiero tener esa imagen. ¿Viste cómo ella parecía disolverse?

—A mess!— repitió, con desagrado.

—Anda, guárdalo para mí. No me parece mal. No lo quiero para la novela, yo no me las doy de experimental.

—Pero te incluiste, el autor entró...

—Come on, mano! Eso no es experimental, ¿quién no lo hace? Es un lugar común. Lo hizo Cervantes...

—O.K.

Bastaba que yo sacara a uno de los nuestros para taparle el pico, porque como no podía ni opinar...

—Anda, mano, guárdame esa imagen. Me gustó ver a la Anita deshaciéndose en telas, es como una pintura surrealista. Quiero tenerla. Es más que una pintura, con lo de las tres dimensiones es como una escena real cortada y enmarcada... ¿Te imaginas? ¿Hacer una exposición con eso? ¡Me vuelvo sillonario! ¿Hace cuánto que no se ven imágenes tan impactantes?

—No le pongas tanta crema a tus tacos —bueno, no dijo tal exacto, pero eso quiso decir. Y me lanza un nombre y otro, que si este fotógrafo, que si aquel instalador...

—¡Ya párale güey! —dije, pero en inglés—. Sí me la pongo, la crema a mis tacos y a mí mismísimo. ¡Se veía genial!

El Lederer me clavó una mirada con el rabillo del ojo que tenía mucho de desprecio y mucho también de admiración.

—I'll keep it for you. "Te la guardo, güey, si te importa tanto como dices." In fact, de hecho, aquí la traigo.

—¿Aquí?

—Sí, aquí —sacó de la bolsa de su camisa su lata tipo Altoids, como aquella de la que me ofreció la insípida pastilla grisosa el primer día que me habló en las escaleras de la casa. La abrió: en el fondo de la cajita había un pequeño tablero y le picó no sé qué—. Salvé ya ese último segundo. Lo tengo aquí. Puedo proyectarlo donde quieras.

—Great! ¿Me dejas ver la imagen en el café?

—¿La saco de la nada? —y diciendo esto, apareció en su mano izquierda una carpeta guinda, como de pintor, como de cargar dibujos. Una carpeta virtual, como virtual había sido su perro el día que me enganchó. ¿Qué más virtualidades podía enseñar? ¿Con cuáles había enganchado a la Sarita?

—O.K., let's go —y echó a andar hacia la Cuarta—. But... Debo aclarártelo: no estamos haciendo gracejadas como ésta. Lo que estamos haciendo en realidad no se trata de frivolidades.

—Es que, mano, no es frivolidá ni vanidá, una imagen vale pero con mucho el tiempo que le hemos metido...

—No! —casi lo gritó, y suavizando la voz agregó—. No, you don't get it —pero de nuevo alzó la voz, ya no como enfadado o impaciente, sino que usó un tono muy serio, como un predicador o un profeta—. We're not playing, no estamos jugando. You don't get it, no entiendes.

—I don't get *what?*

Teníamos frente a nuestras narices la Cuarta Avenida atestada de automóviles. ¿Qué estaba pasando? A veces hay tráfico, pero este atascadero era totalmente inusual. Oímos a los bomberos aproximarse. Ya en la esquina, los vimos a nuestra derecha, llegaban al cruce de las avenidas, donde se juntan Atlantic, la Cuarta y Flatbush.

—Took them probably three minutes to get here.

—Make it four.

—¿Te imaginas en México...? —y me quedé pensando. Es algo que no puedo evitar, traigo esa calculadora puesta y siempre en *on*, me saltan siempre las comparaciones. Comparo todo, desde la luz hasta el olor de la gente en el metro. Con México, por supuesto. Hace doce años que no vivo allá, pero lo sigo haciendo. Los zapatos, las bolsas, los gestos, las casas... No sólo aquí, en mi Brooklyn o en la detestable Manhattan; también en París, donde estemos. Comparo todo, mido todo con mi México. Mi Sarita dice que nunca he dejado México, bromeando me apoda "El Taco de Brooklyn, Nueva York", la cito literal, *el taco* y *nueva york* en mi lengua. Viajo sólo tres veces por año —al cumpleaños de mamá que cae en septiembre, a la Navidad que no me la perdona, y las primeras dos semanas del verano a nuestra casita en Troncones, con toda la familia—. Pero sigo comparándolo con todo, como si fuésemos el parámetro universal. Y lo somos, por lo menos para mí, "como México no hay dos —patada y coz—", a lo Botellita de Jerez —y no todo lo que digas será al revés—. "¡Alarma, alármala de tos, un dos tres, patada y coz!"

Al camión de los bomberos le pisó los talones la también gritona ambulancia. Cuando llegamos a la esquina de Atlantic y la Cuarta —a sólo dos cuadras de nuestras casas— ya se había destruido la escena original, así que hube de recurrir al chisme para saber que: un hombre en bicicleta se había

aventado el cruce sin respetar las luces y una pequeña camioneta de Verizon lo había golpeado, tum-
bándolo al asfalto y dejándolo ahí postrado. ¿Se le
había roto el cuello? No había sangre, no había huella de herida, pero el tipo no se movía. La bicicleta
se veía intacta. Sobre Atlantic, hacia la casa, estaba
estacionada la camioneta dicha y el conductor, cus-
todiado por dos policías, alegaba en voz alta —¿era
puertorriqueño?, ¿dominicano?, a la distancia sólo
alcanzaba a oírle lo caribeño, no más— "que no lo
vi, que se aventó contra mí"... en español, porque
los tres azules, dos hombres y una mujer, eran de
los nuestros. Su desolación parecía no tener fin.

El tiempo que me llevó averiguar y oír fue el
que tomó a los chicos de rescate subir inmóvil —la
cabeza sujeta con un cuello ortopédico— al enca-
millado. ¡Un camión de bomberos, una ambulancia, un vehículo de la policía, tres para hacerse
cargo de un herido que ni siquiera sangraba! Para
mí que no tenía nada, se estaba haciendo pato. Y
dije:

—Si es ilegal, ya se jodió.

—¿Qué?, ¿quién?

—¡Ay, Lederer, en qué Nueva York viven los
gringos! El del delivery, el que salió volando...

—Por los chillidos del chofer, yo pensaría que
el que a lo mejor el ilegal es él.

¡Ah! Yo que lo hacía en la luna, y el Lederer
que no se había perdido el drama.

—No creo, trabajar en Verizon...

—¿Y si está supliendo a su primo? No sé, ¿si
no por qué está así de preocupado?

—Tal vez era su primer día de trabajo.

—Si así es, ¡será el último!

Caminábamos en el congestionamiento humano que se forma diario a ciertas horas en esta esquina, los más varones árabes que van o vienen de la mezquita Al-Farooq o de sus negocios, algunas pocas mujeres cubiertas de negro de pe a pa, la burkha les deja fuera sólo sus ojitos y los zapatos, siempre chancleados. Si uno tiene suerte, les ve los puños de sus vestidos, las más de las veces de colores. Son o muy flaquitas o muy gordas, casi todas las flaquitas caminan como cargando una depresión de aúpa. Algunas chancletean los zapatos como de pura tristeza, pero hay otras que usan sus babuchas nadadoras con una elegancia altanera. Puta tristeza, elegancia llanera.

La mayor parte son hombres, algunos con jeans y tenis, pero los más traen largas faldas, barbas, gorros, y se oye al muecín convocando a rezar, su voz llena la cuadra, cruza la Cuarta Avenida, se cuela por Flatbush.

A nuestros pies estaban los puestos de los árabes de Atlantic, la parafernalia de a un dólar, sombreros y gorras, babuchas de colores, perfumeros, inciensos, verduras y pasteles en cajas transparentes, letreros anunciando guisos aromáticos o body oils, black-seed products, kufies, scarves, hijab, hijbab, abaay and more, la Dar-Us-Salaam Bookstore, lo que orbita alrededor de la inmensa mezquita donde oficiaba el Sheik Abdel Rahman —fue el imam de esta mezquita dos meses en 1990, es al que acusan de enviar dineros a los binládenes, como si falta les hiciera—, la mezquita custodiada por el letrero "House of knowledge", en inglés, y bajo éste, mucho más humildito, un negocio pakistaní ("for all ages", "para todas las edades",

¿quieren decir que no venden pornografía o qué?),
Aqsa, donde anuncian "prayer rugs", los tapetitos
cucolones para rezar. A su lado el puesto judío, si
esto es representación del Medio Oriente no podía
quedar excluido. Venden relojes chafas y arreglan
los de todo tipo —les compré un día uno: me du-
ró 24 horas exacto, no he regresado a reclamar—,
cinturones —también les compré uno, apenas llega al barrio, éste salió buenísimo, una de cal—,
zapatos miserables, ¿serán kosher? Sigue "Nadina",
un negocio enorme de jabones naturales y cosmé-
ticos herbóreos, ¿se dice así, "herbal cosmetics"?
Del otro lado de la avenida, Islamic Fashion, "Mi
tienda predilecta", dijo el Lederer. "¿Has entrado?".
"No, cómo crees, me encanta el nombre". "Yo sí
he entrado". "Really? ¡eres un vago!" "Sí que lo soy"
(y no le describí la tienda, que la verdad sí me encanta: venden todo tipo de prendas y artículos ne-
cesarios para llevar una honesta vida musulmana:
vestidos y mantos, coranes, bases para sostener el
libro sagrado abierto, sus rositos, pomadas varias;
atiende una chica cubierta de pe-a-pa a la que vi-
gila celosamente un barbón que me mira con ojos
escrutadores, como si le enfadara que mis sucios
se posen en las manos de su dependienta cuando
me extiende las mercancías —que le digo un día:
"¿Cuánto esta burka?", "¿Para usted?", me dijo
burlona, "No, para mi mujer", y que me contesta
la gordis: "¿Van a viajar a Irán?"). Luego pasamos
la farmacia, es de cadena, no tiene gracia; le sigue
el famoso Hanks, es el bar donde los domingos to-
can country en vivo, pas-mal, he ido montón de
veces, a su lado el edificio Muhlenberg, otra Islam
bookstore, un abogado, un puesto de seguros de

autos y llegamos al Flying Saucer. Es un cafetín amueblado con sillones usados y distintos, como hay varios en Brooklyn, como aquel que me encantaba hace años en D.C., cuando pasamos allá unos meses para un training que hizo la Sariux... pero ésa es otra historia, ni me acuerdo del nombre, y además era inmenso, éste en cambio es un huevito.

—No queda tan cerca —me dijo el Lederer al sentarnos.

—Vale la pena, por no arrellanarse en el Starbucks ruidoso y nuevo del mall de Atlantic, todo le huele a plástico.

"Pero está el café de la Quinta Avenida." "¿El de los changos?" "Sí, el Gorilla Cafe." "¡Malísimo!" "No me lo parece." Y dejando de lado el posible debate sobre el café —que es peor que entrar en discusiones de teología, ¿cómo medirlo?—, comenzó su arenga, que aquí reduzco lo más que puedo:

—No soy el primero que trabaja en esto. Algunos colegas tienen años con implantes en el brazo o más cerca del cerebro para estudiar hasta dónde la computadora puede obedecer los impulsos nerviosos del humano. Con un paciente que había sufrido daño cerebral consiguieron que, sólo por pensarlo, moviera el cursor en la pantalla. Nos estamos volviendo uno con las computadoras.

—Un solo señor, una sola fe, un solo evangelio y un solo padre —coreé dentro de mí, se ve que la sabiduría de que me dotaron los viajes a la iglesia con las muchachas no tiene fin en temas del altísimo.

—¿Los inocentes se dejan impresionar pensando lo que será acceder a internet sin necesidad de poner el dedo en el cursor y estar cerca de la máquina? Creen que así aprendemos a pensar de otra manera. No estamos lejos, creo que Kewin Warwick anda ya por el mundo con su implante sin tener mayor molestia. En lo que a mí me toca, tanto vivir enchufado a google, como lo de los implantes, suena como a la Edad de Piedra... ¿Crees que el doctor Warwick va a conectarse ahora con su mujer? Ella va a saber cuál es su estado de ánimo, cuál su excitación, cuál su qué y qué... Poca gracia me hace. Él, como yo y muchos otros, creemos que en un futuro próximo podremos comunicarnos con señales que harán innecesaria el habla. Tendremos medios más adecuados para expresar nuestros pensamientos y sentimientos. Sólo con los recién nacidos hablaremos con palabras, como hacemos tú y yo hoy. Echaremos mano de las palabras sólo antes de volverlos cyborgs, para entrenar su cerebro en la preparación inevitable que da la lengua.

"Yo he ido un poco más lejos y tengo prisa por dar el último paso. Ya sabes lo que yo ya sabía desde que te abordé en las escaleras de tu casa: que para que aparezca como real, es necesario que eso sea "verdad" en la imaginación. Y verdad puede ser una fantasía, una ilusión, si es *honesta*. Hoy tú lo probaste: tus 'mentiras' de novelista no lo son. Estás construyendo un mundo posible. Pero tu tomada de pelo, viste, no entra, no pasa la prueba, no se sustenta, no aparece, no *está*. Yo lo que he descubierto es el vehículo para que lo imaginado se vuelva realidad."

Y ahí que se larga con no sé cuánta filosofía y jerga, y no había ni cómo pararle el carro, súbele y bájale, hácele y hácele, tuércele para la izquierda, luego a la derecha, vuélale al uno y dos y tres, y otra vez uno y dos y tres, nada de ir a ningún lado sino pura pensadera fastidiosísima acerca de la naturaleza de la conciencia y la del cerebro, acerca de la relativa imprecisión de sus sensores y del margen de las posibles percepciones, acerca de no sé qué y cuá cuá cuá, ¡hasta se puso a hablar del Mal! ¡Lo juro! ¡Del mismísimo MAL! ¡No chingues, güey!

—¡Compermisito!, ¡vuelvo en un momento!

Algo así le dije y me salí a la calle. Apoyé la espalda en el ventanal del Flying Saucer. Saqué de la bolsa de la camisa la caja de cerillos con mi churro para el relax, para cuando de veras ya no puedo máx —que suele ser justo antes de sentarme a comer con mi mujer, todas las noches le atoro camino al restorán o, si es en la casa, antes de sentarnos a la mesa, así se me hace más soportable el largo, laargo, laaaargo camino al postre—. Lo prendí, aspiré hondo, hondo, retuve el aire... Sentí (porque de pensar no tenía un ápice de ganas) algo así como: "¡Por mí que zarpe el ovni donde está metido el Lederer, de veras, por mí que se pele y no lo vuelva yo a ver nunca!" La avenida estaba desierta, había una isla en el tráfico de Atlantic, resaca provocada por el atascón que generó el atropellado. Algo extraño, pero así era: no pasaba un coche por la avenida. Clavé un instante la mirada en uno de los changarros de enfrente: "Alfa Translation Center", encima de esta frase una leyenda en caligrafía árabe decía no sé qué. A su izquierda, las letrotas: World Martial Center. ¡Bonita combinación!, un mal chiste y, para que sonara peor, entre las dos frases había un negocio nuevo, de aparador reluciente que exhibía tapetes lujosos y caros, sin nombre, ¿le llamarían

Aladino? Apagué contra la suela de mi zapato lo que quedaba de mi churrito, lo guardé con los cerillos y regresé a la mesa.

Ahí seguía sentadito el Lederer. Viéndome llegar se lanzó muy galgo contra mí, retomó su rollo y su jerga. ¿En qué andaba? Si ya le había perdido la pista, imaginar cómo lo oí al volver a sentarme a su lado. Era como si escupiera sus palabras desde el otro lado del espejo. No resistí: le tomé el brazo, se lo sacudí para detener su cháchara y le dije:

—Paul.

—Yes?

—Do you want a coffee?

—Oh, yes! Do you want a coffee? —asentí a su pregunta—. An expresso? —volví a asentir—. I'll bring it.

Se levantó de la mesa y me sentí como un niño perdido en el súper. Sí, ya no aguantaba su cháchara explicatoria, pero había regresado para sentarme con él, y con eso que me había fumado yo quería compañía... ¿Y ahora? Como para refugiarme, me dio por recordar la imagen de Ana. Tomé la carpeta de la silla donde la había dejado el Lederer. La abrí sobre mis piernas. Ahí estaba: no tenía comparación ni con un lienzo ni con la pantalla, porque tenía toda la textura de lo real sin el resplandor de la luz artificial. Podía ser como una pintura, pero era más que una hiper-realista, más también que una fotografía: era literalmente un trozo de realidad con la salvedad de que representaba algo totalmente irreal, un trozo de realidad que no obedecía las órdenes de lo real, que se había alborotado, que se había deshecho y reconformado de una manera anómala. Apoyé la carpeta sobre la mesa, hacia la ventana para que le diera más luz y extendí los brazos retirándola un poco para verla mejor.

Los de la mesa de atrás dijeron a coro —lo juro: a coro—: "Guau! How beautiful!"

—Pretty disturbing, no?

Otra mesa respondía a su guau y al contenido de nuestra carpeta con más guaus, todavía más entusiastas. En Nueva York es casi consigna que uno de planis ignora a su vecino. Brooklyn es menos rígido o más provinciano, la gente se entromete de vez en vez con el de al lado. El contacto permitido en el subway —el de los ojos— está muy aprobado en Brooklyn, y agregarle un poco más no va mal. Pero esto era un poco demasiado. Los de la mesa de enfrente se levantaron a ver qué tenía la carpeta que levantaba asombro y sumaron comentarios.

—¿De quién es?, ¿quién lo hizo? —preguntó una preciosa morenita.

—Es nuestro —dijo muy ufano el Lederer—. Lo hemos hecho con una nueva tecnología. Él es el artista, yo el de la tecnología.

—Él es el cerebro —acoté— y yo los ojos.

Y que se lanzan los comentario: "pero no son sólo ojos, se siente", "¡sí!", "huele", "¡es increíble!"

El Lederer los atajó:

—Well... sí, él, el artista, es lo que digamos son los ojos, porque los ojos son el cerebro y el cerebro los ojos.

¡Ay, no otra vez, por favorcito! No había parado el carro y se había lanzado sobre mi comentario como si fuera gasolina para su motor, ya estaba ahí el Lederer son sus filosofías y disquisiciones para las que yo no tenía ese día la menor tolerancia. Pero por suerte una voz lo interrumpió:

—Lo compro. Valga lo que valga. You name it, I pay.

Hablaba un hombrón que me pasó su tarjeta de presentación sin miramientos. Era un árabe gigantesco vestido a lo occidental pero llevaba un gorro de país remoto, un árabe grandototote con una voz muy a tono con su dimensión.

—No está en venta —contestó el Lederer—. Ya tiene dueño.

Mientras el Lederer hablaba, yo miré la tarjeta: Leon Tigranes, y abajito: *Diamantes*.

Entonces, con una soltura que hacía años yo no tenía, que había perdido a fuerza de rumiar y rumiar, se me apareció una historia. Saltó completa, un golpe de luz, un flash, un rayo, condensadísima. Fue como si la hubiera visto en la tarjeta de presentación que me dio el árabe. ¿Cómo les explico? Eso que la gente común llama "la-inspiración" me había visitado, me cayó de golpe. Convocada por el nombre impreso, fabuloso y legendario —el gran Tigranes, rey de Armenia, un tiempo aliado de Cleopatra—, por la aprobación que la imagen "corrupta" había despertado, por la belleza inédita que ésta tenía y por mi necesidad de escaparme, de dejar de sentirme vaquita de establo o esclavillo del Lederer o mercader de almas, surtió esa iluminación como un torrente. La resumo aquí como puedo, lamentablemente sin la precisa claridad *no verbal* con que me cayó encima en el café Flying Saucer:

**Aquí da comienzo la explicación de la historia
del traficante de diamantes, la hermosa mexicana y los talladores que en pleno siglo XX viaja-
ron al XVIII**

Nueva York, 1940. Henry Kaplan, judío, un rico
traficante de diamantes holandés emigrado pero ya
establecido; sus empleados, judíos talladores de diamantes; Movita, actriz mexicana; el especialista en
várices, Mr. Dr. Ignatz T. Griebl, alemán espía del
Reich.

Harry Kaplan, quien ha llegado a Nueva York
a fines de los treintas, vive con su familia en el Upper West Side, el pequeño Berlín —sus cabarets y
cafés, la vida de ciudad europea, la vecindad del
parque—. Han seguido sus pasos un buen número de talladores de diamantes, judíos ortodoxos,
algunos sus compatriotas, otros de Hungría o Ru-
mania, que se instalan en Brooklyn, precisamente
en Williamsburg —cara a cara con Manhattan
central, sólo cruzar un puente—, donde los espera un peculiar estilo de vida, la práctica estricta de
un judaísmo reinventado en el XVIII. Williamsburg los recibe con los brazos abiertos, está la escuela para sus hijos, Yeshiva Vodooth Israel, las
asociaciones judías, como Agudadath Israel, el
abasto de comida kosher a pie juntillas. Ahí se viste de ropas negras, los varones sombreros de copa,
barbas, caireles; las mujeres van rapadas y llevan
pelucas, se enfundan vestidos tipo monjas de orden pobre. A lo largo de la novela, se observará
cómo el pequeño ejército de los talladores de diamantes, imitando costumbres del siglo XVIII, co-
labora activamente en la invención de una ciudad
hassidic (Williamsburg), sobre los huesos de Nue-

va York, y cómo su creación dará cabida a los más desaforados sueños sionistas, primero socialistas y libertarios, luego lo que ya se sabe, y mientras eso pasa, Harry Kaplan, el rico mercader de diamantes, que no importador, compra y compra bienes raíces, y decir "comprar" es metáfora, porque para no pagar impuestos lo hará sin usar un quinto, cerrando las transacciones con pequeñas bolsas coloradas repletas de hermosos diamantes bien tallados, volviéndose cada vez más rico, fundando más negocios de diamantes —entre otras el Radio City Jewelers Center Inc. en la calle 57, diseñado por Irving Kudroff—, abriendo espacio y fuentes de trabajo para los judíos que llegan huyendo de la Europa antisemita, financiando el rescate de cuantos más puede de su clase y oficio —en esto, algunas veces apoyándose de Agudatah Israel u otras asociaciones paralelas— y tornando a su comunidad en una parte influyente de la ciudad, moderna y progresista, que tiene prisa por mimetizarse con el resto de los neoyorkinos. Mimetizarse, y ganarse el lugar a pulso: Harry Kaplan está decidido a que Nueva York sea el centro diamantero del mundo. Y sigue empecinado en conseguirlo cuando de sobra Nueva York es, y por mucho ya, el Centro Diamantero del Universo.

La novela-diamante comienza un viernes por la tarde. Harry Kaplan, a unos pasos de su casa, pasea con la familia por un costado del Central Park cuando topa con una manifestación de judíos ortodoxos de Williamsburg que se han desplazado para llamar a sus hermanos del Upper West Side a respetar el Sabath. Entre los manifestantes, Harry reconoce a algunos de sus talladores y rehuye diri-

girles la palabra. Le desagrada infinito la posición
de los retrógradas, no puede simpatizar en lo más
mínimo con ellos, pero también siente compasión:
desarraigados, hacen lo que pueden para sentir que
pertenecen. Y han tomado el camino que los lleva
al bosque donde el Lobo, etcétera. Y si no Lobo,
pues sí bosque, porque se pierden lo que Nueva
York podría ofrecerles, la vida de la ciudad, que Harry, por cierto, sabe aprovechar a todo mecate.

Deja en casa a su mujer —los hijos son pequeños, no hay nanas confiables—, y se dirige al
Cafe Society Downtown, en el 2 Sheridan Square
en Greenwich Village, "The hottest club in New
York", "The wrong place for the right people",
donde hace ocho días escuchó a Pete Johnson, pia-
nista de boogie-woogie, y acaba de cantar la gran
Billie Holiday, aaah, Strange Fruit! Un amigo le
presenta a una rorra, Movita, preciosa mexicana,
actriz, linda como una Dolores del Río, de quien
se prenda desde el primer momento. Romance. Romance. Y romance.

Movita, que de verdad así se llama, quien hace un par de años estelarizó en México una película
de mucho éxito, *El rancho y el tren*, fue "comprada"
por la Paramount para filmar *Las Vegas Nights*, pero
el estudio abandonó el proyecto creyendo que el papel no era suficientemente jugoso e importante, y
la "prestó" a Francisco Cabrera, el productor mexicano, para estelarizar *Santa*, pero este trato se rom-
pe, pues quieren regresarla de improviso a filmar
Aloma of the South Seas con Dorothy Lamour, Jo-
han Hall y Lynne Overmann. Por problemas con
el director que no vienen a cuento, Movita es re-
emplazada por Esther Fernández. RKO compra a

Movita, le ofrecen equis, casi está a punto de salir tal otro, pero el hecho es que no consiguen armarle un proyecto a su altura. Columbia quiere a Movita para estelarizar *Heaven can wait* y llega a un acuerdo con RKO.

Cuando la conoce nuestro mercader de diamantes, Movita acaba de firmar con Universal, donde por unos días creen que la harán aparecer como estrella en *It Started with Adam*, papel que por fin será entregado a Deanna Durbin.

Mientras estos éxitos económicos y no-hechuras fílmicas ocurren, la mala suerte quema copia tras copia de la única peli que ha hecho Movita, hasta que no queda ninguna. No habrá muestra de lo que hizo, y no se realizará jamás lo que podría haber hecho.

Movita va a ser una eterna promesa, el talento recién descubierto que conmueve a diestra y siniestra sin que aterrice en algo visible. La adora la prensa, reportan sus idas y venidas de un estudio al otro como si fuera una estrella en pleno vuelo. Pero ni vuela ni es estrella, sino en pura teoría. Es la que no es, y (momentáneamente) en el mundo de las estrellas eso basta y sobra para ser.

Movita es bellísima. Tiene un defecto inconfesable: padece de várices. Es tanta la atención que le presta la prensa que no se atreve a visitar a un doctor en Los Ángeles, por lo que ha venido a Nueva York a visitar a un especialista que le ha recomendado un tío, el marido alemán de la hermana de su mamá, confiando, más que en otra cosa, en su total discreción, porque si se sabe que ella tiene este defecto inconfesable, adiós carrera estelar. Durante esta estancia, que tiene el móvil secreto médico, se hospeda, acompañada por su mamá, en un hotel para señoritas, el Barbizon. El tratamiento contra las várices se prolonga, y comienza su romance con el mercader de diamantes.

Movita se enamora, decide quedarse en Nueva York, despachando a su mamá como dios le da a entender, de vuelta a su casita de sololoy.

El doctor de las várices, Ignatz T. Griebl, es el centro de una red de espías del Reich. Es descubierto y llevado a prisión. El FBI respetará sus archivos médicos, pero incautará todos sus otros papeles. Como Griebl archivó el dossier médico de Movita bajo el rubro "Confidencial", con objeto de protegerlo de las miradas curiosas de enfermeras y secretarias que saben muy bien interpretar sus jeroglíficos, pasa a ser parte de los incautados. Como resulta imposible de descifrar, Movita es considerada sospechosa y es llamada a declarar. Movita no puede confesar su secreto (las venas varicosas), el FBI la cree una espía y le sigue los pasos día y noche. Los detectives descubren lo que menos esperan: la red de rescate de judíos que financia y organiza su amante, Harry Kaplan, y la organización de una red paralela, los hassidis de Williamsburg, que bajo la batuta del rabí Bostener, "importan" rabinos radicales, salvándolos del holocausto.

Todos se juegan la vida —y la fortuna— mientras Movita continúa siendo vendida y comprada por los estudios sin jamás hacer una película, como el sueño de una que será y nunca fue.

Fin de la dicha.

De un golpe vi la novela-diamante, claro que sin detalles, aún desarmada, como un bulto, vil trama, piedra bruta nomás pero ya novela, como mandada a hacer para mí, para que yo la hiciera. ¡Y qué dicha la mía, imaginar *lo mío* sin compartirlo con nadie, sin que otro lo perciba, sin que mis "cosas" salgan como en chorro de diarrea chutando hacia el ancho mundo, vueltas mierda! ¡Mío, mío! ¡Dejar mi cabeza correr por donde nadie puede vigilar, juzgar, marcar, decir o hasta hurtar! Por esto, también, nunca he querido tener un hijo: son como una herida abierta siempre, no hay cómo tenerlos eternamente a resguardo, no hay cómo encerrarlos en la torre de los Abascal o de Rapunzel. Y que de algo sirvieran Rapunzel o Abascal, pero niguas, la ceguera y la locura son también campo abierto.

Abstraído como estaba en mi hallazgo, hube de volver al mundo porque ahora el detestable Lederer era quien me zarandeaba a mí: "¡Eeeps!", me decía, señalando *nuestra* imagen de Ana-y-las-sábanas, "you were right! —¡Tenías razón, güey, parece que esto le parte la crisma a todo mundo!—. This seems to be something smashing!"

Pues claro que smashing y recontrashmashing y más que súper-shmachín con crisma incluida. La "pieza", pintura o abstracción o imaginación encarnada, era, como sería nuestra novela una vez terminada, simplemente *perfecta*. Se respiraba en ella lo que es el territorio de la imaginación libre, la que no constriñen las palabras o los trazos del pincel o las notas musicales o ningún vehículo: la imaginación *intacta*. Pura. Libre.

¡De aquí a la gloria!

Lederer resplandecía. Yo, en cambio, quise que me tragara la tierra. Deseé con mi alma completita quemar la pieza que todos estaban admirando y que deseaba comprar el bisnieto o tataranieto o chozno o dios sabrá qué del gran Tigranes, el amigo de Cleopatra. Quería echarme a andar tras mi mercader de diamantes, la actricita en perpetua inacción y eterno estado de compra y venta, el doctor de las várices... Perderme con ellos. Olvidarme del mundo. Y no entregar a *nadie* mi novela. La trama sí, yo podría compartirla, ¿pero qué es en el total de una novela? Cabe en la solapa. Y las solapas casi casi siempre mienten, ganchos trucados a medias. Las novelas están en otro sitio, en... Bueno, ya chole, esto no es tratado de crítica literaria.

El Lederer, con una cara de orgullo que sólo es posible en un novato, cerró su carpeta "de artista", recogimos nuestras tazas desechables, nos despedimos de la pequeña claque, y a la calle. La resaca del atropellamiento había pasado, de nueva cuenta Atlantic Avenue estaba llena de coches. Exacto frente a nosotros un camión de pasajeros, acompañado de su tradicional UuUuUuUmm, van y vienen por el mundo siempre con esa música de acompañamiento. Tic tic tic tic, hace la campanita cuando paran. Birrum, cuando arrancan. Y el UuUuUu cuando caminan. ¿Qué no les pueden poner más variedad a su musiquita? ¿Por qué suenan así los camiones de pasajeros neoyorkinos? ¿Por qué nadie se queja? Los que vivimos en Dean y tenemos habitación a la calle, los que duermen en cuantísimas calles donde pasan... ¡Nadie se queja de la aburrida sinfonía! Hay camiones de dos tipos, los ecológicos y los que no, uno suena un poquito peor que el otro, los dos horriblemente repetitivos y sin gracia, respetan la misma partitura. ¡Tanto artista en esta ciudad, y no hay quien les escriba a los camiones del transporte público una tonadita decente! Música ambulante, conciertos banqueteros, cualquier cosa aunque suene a rayos, pero ya chole chole chole el repiqueteo, ¡un fastidio!

Emprendimos el camino de vuelta. Ni él ni yo estábamos de humor para continuar nuestro trabajo. Antes de voltear a la derecha en la Cuarta Avenida, el Lederer me entregó la cajita de metal y la falsa carpeta, o la carpeta virtual, la que albergaba esa "obra de arte en multimedia". La carpeta no pesaba un ápice. Era como cargar aire. Pero al abrirla uno estaba frente a algo que era como carne verdadera, deveras carne, hueso, un pedazo de pescuezo y sábanas, sábanas metidas en la carne, el pellejo, los huesos, y los huesos entrelazados con las sábanas. No volveríamos a la casa del Lederer. Por una única vez dejaríamos un pasaje a medias, sin "salvarlo" —esa expresión anglicona sí que me hace tilín—, sin grabarlo. "Nunca lo he hecho, ¡siempre hay para todo una primera vez en la vida!", dijo de esto el Lederer, y yo le respondí: "Ya lo dijo Lope: todo llega, todo pasa, todo se acaba."

—Loupe, who?

¡Loupe!, ¡decirle Loupe a Looope de Veega! No le expliqué. Que se pudran, pinches gringos provincianos, que se queden sin Lope, que revienten sin Quevedo, que se quemen en el infierno sin Cernuda o Pellicer, que se quemen las pestañas sin Othón. Se pierden la mitad de la película. No entienden nada.

Llegando a la esquina de mi casa, doblé a la izquierda en Dean sin decir un pío. Al verme separar de él, en alta voz y en español dijo: "¡Hasta la vista!" y continuó hacia Bergen, cada quien pa su casita.

Caminé lo poquito que me faltaba para llegar repitiéndome su *hasta la vista* y diciendo para mí: *¡Qué chafa, qué chafa!* Tenía prisa por llegar a casa y ensoñar con mi novela, la de diamantes, la que me había encontrado por casualidad, la que había echado a andar la tarjeta de presentación de un probablemente falso Tigranes.

Capítulo seis

A eso que se llama la media noche —la mía y la de mi mujer— sonó el timbre. La Sarita había caído profunda como a las once y yo a me había sentado a ver dos pelis, las dos de diamantes, *The earings of Madame de Fufú* y una cinta de la PBS que no sé por qué tenemos, *Treasures of the World-Faberge Eggs-Hope Diamond,* con la que me quedé dormido. Qué combinación, mi humor andaba quién sabe cómo con eso de que no estaba y sí estaba escribiendo. Aunque, la verdad, la noche anterior me traía yo un ánimo de sí estar definitivamente escribiendo. Me repetía arriba y abajo frases, expresiones e imágenes de la novela novísima que se me había cruzado —la diamantina—, corrían adentro de mí puntadas como luciérnagas, oía decir esto o lo otro a este y aquel personaje, y anotaba en mi libreta lo que yo creía que aparecería en mi novela. Estaba metido hasta la médula en esa imaginación que se me había cruzado por casualidad en el mezzo del camino de la vida, de purita chiripada, cuando el tal Tigranes falso o verdadero me había plantado en la cara su tarjeta de "traficante de diamantes".

Era un flujo imparable. No se me volvió a aparecer ni por un segundito la imagen de esa Ana deshebrada, por así decirle, mi Ana-a-lo-Remedios-Varo-2004, mi obra de arte involuntaria que sería, sí, una revelación en el mundo del arte, si salía alguna vez de su maldita carpeta de aire. De aire, de nada, ni siquiera de luz, de puro alucine.

No que estuviera ya entero en la novela nueva, pero quería estarla escribiendo y de hecho, como hacía muchos años que no me ocurría, sí estaba yo de algún modo escribiendo, duro y dale así nomás garrapateara cosas inconexas. Y sabía (lo he sabido siempre, pero esa noche lo sabía más, con doble convencimiento) que mis frases no eran huecas o braguetas, que yo no era de esos novelistas que se lanzan a puro derrapón, entusiasmados con sus tontas puntadas de dientes para fuera o con frases pomposas más o menos turgentes. No, señores, señoras, señoritas, damas y caballeros: no. Yo soy un escritor *de verdad*. De a de veris. Y había dado conmigo la inspiración, y ya estaba que me andaba por armar mi novela ésta, la de los diamantes. Por años había vivido pegado al rabo de Manuel y Ana y el Deefe. Ya no me importaban más que un bledo. ¡Que se vayan a comer taco de ojo donde les dé la gana! ¡Que se tiren los unos a los otros, a mí qué! Que se revuelquen como puercos donde dios les dé a entender. A mí qué.

Pero estábamos en lo del timbrazo a media noche. Sonó largo. Con un esfuerzo magno, saqué la cabeza de las cobijas —a la Sarita le gustan las delgadas, pone una arriba de la otra, como capas de jotkeis en plato—, pero eso fue nada al lado del descomunal que tuve que hacer para arrancarme de mi sueño. Porque yo soñaba algo que no puedo —literalmente: no puedo— poner en palabras. Algo que se me escapaba. Algo que era una persecución pero que era al mismo tiempo lo que yo quisiera perseguir, lo que yo más quisiera tener. Ni debo agregar que tenía el pintiparadísimo más duro que ni digo, y no en modo grato, la pinga me dolía. Había en todo una angustia y desagrado que no puedo ni me da la gana explicar aquí, pero me hacía mucho más difícil responder a los timbrazos. En mi sueño, estábamos stoopingout la Sarita y yo, pasaba frente a nosotros el Lederer, con el perro o perra que no tiene, yo le entregaba una nota que él leía, y él se echaba a llorar, desolado, recriminándome, sin soltarla: "¡Lo sabías desde un principio!, ¡me engañaste!", y entonces, frente a nosotros, aparecía una mesita ovalada y baja, y sobre ella estaba ahora Sarah, Sarah que era Sarah pero al mismo tiempo era mi joven actriz imaginada, la Movita, la misma cara de mi Sarah, más una tupida cabellera de mestiza, un cuerpo también de mestiza, la hermosa piel morena, no apenas aceitunada como la de mi Sarita sino morena morena, y ante nuestros ojos la Sara-Movitah comenzaba a desvanecerse hasta que no quedaba de ella sino la cara, como una máscara, una cara sin cabeza, y en breve ya sólo su sonrisa... Y yo la deseaba con desesperación y quería tenerla y me daba cuenta que deseaba tenerla más porque se estaba yendo y... Dije que no puedo ponerla en palabras, porque así nomás narrada parece la fábula del gato, pero no era. Ese sueño estaba cargado, y de qué manera.

Así que, decía, cuando yo soñaba, sonó el timbre, saqué la cabeza de las cobijas y vi frente a mí que la video anunciaba en números verdes que eran las 3:45. A veces atina y a veces no, porque no sé por qué de cuando en cuando le pico los botones que no son en los controles y viendo pelis lo dejo en horas que no riman con las que son. La Sarita mi mujer se enfurece: "Can't you even get *that* right?!" —"Con un diantre, ¿¡no puedes tener siquiera *eso* en orden?!", me pregunta. "Por eso me quieres", me dan las de decirle, "porque yo le traigo emoción a tu vida de oficinista".

"¿Emoción? ¿Vida de oficinista? ¿Cómo un escritor puede ser tan ignorante? ¿No sabes qué es mi trabajo? Emoción no me falta, ¡cero! Lo que quiero en mi casa es orden y paz."

Eso me diría, si yo le dijese. Y yo replicaría: "¡Y sexo!"

Con eso, ¡la tumbo!, seguro que terminamos la discusión revolcándonos en nuestros propios jugos.

Pero creo que esa noche eran sí las 3:45, el reloj de la video en donde debía ser.

Sonó otra vez el timbre. Me levanté quién sabe cómo de la cama, sin poder reaccionar con siquiera un poco de asombro o preocupación o susto, ¿pues que tal que había un incendio o algo?, me acerqué el interfón, pregunté, en esputiñol, medio dormido o dormado que estaba bien reapendejado, "¿qué pasa?"

—It's me!

Era el maldito Paul. Lo último que yo quería ver apenas salir de mi sueño.

—¿Pus quionda?— seguí hablando como con la boca llena de resistol.

—Baja corriendo, güey, ya se nos alborotó el pesebre.

No lo dijo así, pero es lo que quería dar a entender. Me vestí rapidísimo, o sentí que de volada, luchando por desenredarme de las sensaciones del sueño, y mientras lo hacía comencé a escuchar algo, algo que no había oído nunca, algo que provenía de muy cerca, ¿del jardín?, ¿del cuarto de al lado?, ¿de la calle?, ¿de otra casa? Parecía que jalaban muebles, que los arrastraban sobre un piso de madera. La Sarita, sentada en la cama con los ojotes pelados como los de Ana Martín (sí se parecen), con su cara muy de Movita —sí, sí, se parecía tanto a la actricilla de mi nueva novela—, también estaba totalmente aborregada por el sueño. Bajé corriendo los escalones, me enchufé los tenis a la entrada —los dejo en la puerta como un buen berlinés, o japonés, que a fin de cuentas no son tan distintos, por lo del Eje—, y ¡zúmbale pa fuera!, el Lederer me esperaba, caminando arriba y debajo de la banqueta, la cara desencajada.

—¿Qué te traes? —algo así dije, ya menos resistolada la boca.

—Ven. No te explico, velo tú mismo.

Pero aunque dijo que no explicaría, retacó de palabras los tres pasos entre su casa y la mía y hasta los escalones quedaron más atascados que el resis que traiba yo en la boicaba desde queimei despeitaiba, y mientras más hablaba el Lederer, menos entendía yo qué demóinoboa pasaoba, que si "fue por no haber grabado la escena que dejamos a la mitad", que si "me despertaron los ruidos", que si "toda la cuadra debe estar a estas alturas de pie y marchando", que si "el alboroto de la luz", que si esos resplandores...

Entramos a la casa. ¡Qué sanquintín! ¡Sanquintinazo! Una luz cegadora, blanca y, perdón por la cursilería, de a tiro *desaforada*, una luz histérica inundaba todos los rincones. Las escenas se sucedían vertiginosas, intercalándose una con la otra. No ocurrían sólo en el centro del cascarón, como suspensas, como habían sido siempre, mientras "escribíamos" y "grabábamos" y "repasábamos" las escenas, sino que se embarraban contra todos los puntos del cascarón vacío, que ya no parecía un cascarón vacío, estaba retacadísimo, atestado de gente, la más repetición de los mismos, ¿cuántos habría?, ¿seis Manueles, trece Anas, veinticinco hijitas de Ana, una docena del hijo de Manuel? Manuel estaba otra vez, de nuevo, vivo, como si nunca se hubiera pelado, el siemprevivo que no el resucitón, puis cómo. Pero el cruce que media entre la vida y la muerte era el más insignificántido, las fronteras de la vida se disolvían en una carcajada sin séntido. Caminaban uno encima del otro, pasaban traspasándose, ignorando por completo que los demás existían, no sé si me explico, *se traspasaban*, como si fueran transparentes, pero no eran transparentes, y sus carnes, al llegar al otro lado del encuentro que no era encuentro, traían consigo jirones de la que acababan de llevarse, éste llevaba de bigote un dedo de aquel otro, por ejemplo, aquel salía de haber pasado donde el otro con pedazos de cuero cabelludo en el hombro, con trozos de la ropa en las manos, con una rodilla de más pegada a las otras dos, con un tercer brazo, con un trozo de pecho que no era suyo.

Era una especie pasiva de carnicería o destazadero.

Y esto no era lo peor, sino que, de pronto, comenzaron a verse, a percibirse, a notarse, y todos fueron atacados de un fervor sexual que era una caricatura en fast-forward de encuentros eróticos, no puedo explicarlo, y encima de esa cosa rápida que se hacían los unos a los otros, como perros los maridos se cruzaban con las hijas, los hijos con las hijas, ignorando quién era quién —yo lo recordaba, ellos no lo sabían—, se penetraban los unos a los otros sin reparar en quién, y eso era como continuar con esa especie de destazadero que les había visto hacer sin que lo hicieran.

Nadie se daba cuenta de quién era el otro, ni del espacio que ocupaba, ni del lugar; nadie era nada para los unos y para los otros; nadie sabía quién era, ni a quién atacaba; y tan se penetraban, como se golpeaban, como se besaban, sin que nada pareciera cargar ningún sentido, y de inmediato los unos a los otros comenzaron a ... ¿cómo lo explico? Se desmembraron a sí mismos o a los otros, se comieron los unos a los otros o los sí mismos a los sí mismos, sin que ninguno de estos actos tampoco significara un bledo... En un punto de la casa, los Manueles repetidos rompían a las mujeres en trocitos, les cercenaban miembros, vísceras, la lluvia de sangre caía hacia arriba sobre los tragaluces, en nuestras cabezas. Y era como si estuvieran deshaciendo un collar de cuentas de plástico: nadie se quejaba, nadie expresaba dolor, repugnancia; la mano no sabía lo que hacía, el ojo no comprendía, la cabeza no entendía, el corazón no sentía. Nada era lo que era. Toda fuente de luz, de color, de vida, era un surtidero de sangre, carne que parecía pútrida aunque estuviera viva.

Y de pronto todos engolaban las voces mientras decían —no sé si con palabras, pero lo decían—: "Todo ha perdido sentido. Las que debieran traer vida son las asesinadas."

Yo no era autor de eso. Yo no puedo ser autor de eso. Era, sobre todo, una imagen SIN autor.

Y, contrario a lo que pasó con la imagen medio a lo Remedios Varo pero en realismo de Ana deshaciéndose o haciéndose parte de las sábanas, éstas que ahora veíamos eran al mismo tiempo simples y horribles, eran vanas, eran tontas, eran gratuitas, eran, ¿cómo las califico?, ¿cacofonía verbal es demasiado tibio? Era como un infierno a lo Brueghel, a lo Bosco, pero carecía de todo atractivo, porque usar la palabra belleza es irse hasta la cocina. No, por supuesto que no eran bellas, eran lo contrario de bellas. No, no daba placer verlas, tampoco lo contrario, no daban nada, ¿repugnaban? Sí, eran espantosas, pero no proyectaban, eran —aunque espeluznantes— *bobas*, gratuitas. Los personajes estaban hueros. Como cascarones a los que faltara la clara y la yema. ¡Siquiera tuvieran yema y fueran monstruosos! Pero no la había, no. Ni la yema, ni la clara, ni la ya ni la... Y como estoy en esto de la imagen del huevo, digamos que en algunos Boscos y de su escuela uno lo que ve es como un punto de turrón dentro del huevo. Bueno, pues aquí no: ni punto, ni turrón ni —insisto— la yema que sirve de barniz a las galletas —¡de algo me sirvió el cursillo cordonblé que tomé con mi Sarita hace años, cuando creíamos que nos haríamos los mejores chefs de nosotros mismos!, me sirvió para explicar aquí cómo un Bosco, aunque es horrible, está que vuela, mientras que lo que ahora veíamos en Dean Street 404 no y no.

Y aunque eso ya no fuera lo mío, aunque no tuviera un pelo de mi historia, supe el defecto mayor de mi modo de narrar: nunca cobraba verdadera forma la casa, el lugar donde estuvieran las personas; el edificio nunca mostraba su geometría; a la manera, digamos, del Ridotto, las escenas ocurrían como en retratos de cámara. La escena que había hecho de la ciudad tampoco daba una idea de un Todo, miraba como a través de un catalejo, enfocándose en un círculo, desdibujando el entorno. Más que desdibujando: no dándole forma. Y aquí esto ayudaba a que se desmoronaran los personajes. Pero no se desmoronaban, no calza la palabra porque aquí había sangre, violencia, aunque era más, era peor que la violencia porque los protagonistas dejaban de ser protagonistas, cuál Sansón, cuál Dalila: eran puros nádienes sin valor alguno enfrascados en su propia destrucción, enardecidos, embriagados, descorazonados. Porque todo esto era en frío, frío. Porque nosotros estábamos vivos, porque habíamos creído que ellos tenían cierta forma de vida, por eso nos atacaba. Porque las escenas en sí no tenían punta. Sobre ellas pasaba una goma de migajón, borrando, y lo ya borrado se volvía a borrar y las morusas que sacaba la goma se volvían a pegar y hacían cuerpos que otra vez se borraban... Y había dolor en todo esto, pero un dolor frío, la resignación del condenado sin esperanza llenaba todo, todo, todo... Hubiera vomitado ahí mismo si no fuera porque todavía tenía la boca llena del sueño, todavía enresistolada.

El Lederer y yo comprendíamos que en ese caos había un horror, pero quien no conociera los pormenores previos de la historia —y los futuros que aún no habían sido dichos— no vería lo terrible sino un puro desmadre, como un cajón con pedazos de triques revueltos y partes de objetos en desuso.

—¡Arréglalo! —me dijo el Lederer, en tono de patrón enfadado, como si a mí me tocara ser el mexicano y a él el coreano dueño de la deli. De acuerdo, los dos estaríamos de muy humor de perros, pero él no era mi patrón, qué se creía. Me gritó una vez más:

—Fix it, damn it!

Y que me gana la ira y comienzo también a gritar quiénsabequés.

No sé cómo se las agenció el Lederer, porque el espacio del centro de la brownstone parecía impenetrable, pero hizo avanzar nuestro asiento del otro lado de la casa a la entrada donde contemplábamos la Escena-basilisco. Trepamos al asiento y cruzamos esa espeluznante Tolvanera, por decirle así, ese atascadero de caracteres, no sé cómo llamarla, esa carnicería horripilosa, hasta que llegamos a nuestro lugar usual de trabajo, el tapanco del fondo. Los personajes actuaban encima de nosotros, no impedían nuestro paso pero los sentíamos, al traspasarlos los *vivíamos*, los olíamos, los percibíamos, los comprendíamos, los *encarnábamos*, entrábamos en sus conciencias —porque sí tenían conciencias, memorias, todos y cada uno de ellos: los repetidos, los repetidores—. Algo espeluznante, sin exagerar. Algo que yo no hubiera nunca querido conocer nunca, never de limón la never, ¡nunca! Era la conciencia del sinsentido, de lo roto, lo destruido. Llegando a las computadoras, el Lederer, las manos temblando de espanto, me puso el casco en la cabeza, me ajustó los dos sensores bajo la lengua, y repitió, con voz demudada:

—You must fix this!

La ira que se había apoderado de mí quedó opacada por el *terror* que sentí cuando cruzamos la brownstone hacia el tapanco, cuando palpamos la materia disuelta de los muchos en que se habían convertido mis personajes, su deshumanización, su violencia, su carácter desechable. Su sinsentido. Tenían todo para ser personas, excepto no sé qué y por esta ausencia se hacían como un polvo de horror que nosotros habíamos aspirado al cruzar-los.

¿Han oído hablar del Infierno? Pues bien: nosotros lo acabábamos de visitar. El Lederer temblaba y también yo. Los sensores bajo la lengua parecían repiquetear, pero era yo, yo mismo el que repiqueteaba, mis huesos, mis venas, todo mi ser estaba espeluznado.

Cerré los ojos. Debía volverlos a su sitio. Intenté retomar la escena: Ana en el contenedor de la ropa sucia de la lavandería del hotel, los policías terminando el cateo, el cadáver de Manuel, el tráfico de la ciudad, el gerente en su oficina haciendo la llamada de auxilio. Pero aunque quería intentarlo de todo corazón, era inútil. Todos me aparecían en la imaginación mezclados los unos con los otros. Lo intenté otra vez. Nada. En medio de la escena infernal que repetía cuadros abyectos frente a nosotros, un judío ortodoxo se nos apareció tallando un diamante. La cara de Movita se repetía como reflejos del diamante, sin su talle mestizo, su sonrisa de un millón de dólares adquiría un aspecto de terror... ¡Y de pronto se le unió Billie Holiday! Por cada cara de Movita, una Billie, completa ella sí, y cantando. Tras éstas, un barco cargado a reventar de rabinos, un barco completo, de tres pisos, un trasatlántico repleto de barbados rabinos en sus negros atuendos, las cabezas cubiertas.

—What the hell is this! —gritó el Lederer—.
Stop it! Stop it!

Mi imaginación también estaba fuera de con-
trol. Mi corazón de escritor estaba ya en otra parte.
Ni yo podía domar las imágenes enloquecidas, ni
tampoco mi propio deseo de contar: no podía contener la aparición de los personajes de la otra historia,
pero como entraban sin yo invocarlos —obcecado
como estaba en contener el desastre mayúsculo—,
quedaban también llenos de sinsentido, locura, repetición, violencia, horror.

El tallador ortodoxo vació un saquillo de ter-
ciopelo de diamantes diminutos y bien tallados sobre una charola de metal de una báscula que estaba
apoyada sobre una mesa de ébano. Los diamantes
rebotaron sobre la charolita y cayeron contra la mesa, como si fueran de hule rebotaron varias veces,
con cada rebote brincaban más alto y de pronto,
cobrando una velocidad inexplicable, se echaron a
volar en órbita, girando, girando alrededor del tallador, su báscula, la mesa...

—What the hell is this! —repitió el Lederer.

—Diamantes. Son diamantes. Estoy obsesio-
nado con los diamantes.

—Are you kidding?

La órbita de los diamantes giraba a gran velocidad y se expandía a ojos vistas.

—You mean it? Stop them! They'll kill us!

Intenté pararlos. No podía. Los diamantes
obedecían el caos que los circundaba y sobre el que
yo no tenía ningún poder. Habían caído bajo su in-
fluencia, la de los personajes abandonados por su
autor, magnetizados por no sé qué fuerzas execrables.
Y se reproducían, cada que terminaban una órbita

eran más. Brillaban asombrosamente. Cada vuelta iban más de prisa. Cada vuelta emitían más luz.

—Stop them!

—I can't, no puedo, no puedo —grité un poco histérico—: ¡no puedo!

No, no podía pararlos. De alguna manera me hipnotizaban. La masa de gente que ahí había, sin dejar de estar en su desorden, se incorporaba al baile de los diamantes, como si los obedecieran. Y muy atrás se oía al piano un boogie-woogie. Por un momento sentí que yo también estaba cayendo bajo la imantación de los personajes reproducidos y me vi, lo prometo, me vi entre ellos: dos, tres, cuatro veces yo, el autor también vagando entre esa masa de insensatos.

Hasta ahí, va, me fue de algún modo soportable porque yo había sido ya presentado como un personaje más de la novela. Pero en una de esas vi al Lederer también, dos, diez, veinte Lederers, y unos eran cercenados por los diamantes voladores, sus cadáveres eran los únicos varones en medio de esa mortandad de mujeres.

El Lederer también lo vio, también se vio. Me miró a los ojos: había entendido que no podía yo controlar lo que estaba ocurriendo. Entendió que eso que ocurría nos estaba tragando. ¡Y ruido, ruido, ruido, ruido! ¡El destrozadero hacía un ruidero sin igual!

—I'll stop this!

Y trató. Pero era tal el vértigo del remolino que no lo obedeció.

—What the hell is goin' on!

—Turn the machine off! —le grité—. ¡Apágala, güey, apágala!

Pero entonces hubo un momento de esplendor. O de oscuridad esplendorosa, ya que ando subidín al patín de lo cursi-ín. Un momento en el que toda esa atrocidad que mirábamos, esa ausencia completa de sentido en cada una de las vidas —o exhibiciones de vida— que ahí había cobró cuerpo, fue. Estábamos ante un friso fabuloso que representaba la —¡ups!, perdón perdón, sonaré a solemné, pero qué hacerlé—, la *esencia* del hombre contemporáneo. Rotos todos, como seres desechables, repetidos, olvidados de que son cada uno un mundo irrepetible, terminaban por ser asesinados por esa maquinaria fabulosa, el vértigo de los diamantes, el vértigo del dinero, el esplendor del dinero.

Pero el lindo esplendor se nos acercaba. Volví a gritar:

—Turn it off, damn it, off, off, now, disconnect it, now, now!

—I have to save it before I do so! (¡Tengo que grabarlo antes que se nos vaya, güey!) —me contestó, también, evidentemente, como yo, engolosinado.

—Don't! Don't! Just turn it off! Now! (¡No, no, cabrón de mierda, no, apágala, ya!) —grité aún más fuerte porque el ruido había ascendido a un volumen insoportable.

Apenas terminé la frase, vi clarísimo, con estos dos ojos que diosito me dio en la iglesia a la que iba con mi nana y que ojalá y no me hubiera dado nunca, cómo un latigazo de diamantes voladores encarrerados se ensañaba contra la cara del Lederer, destrozándosela, traspasando de un lado al otro su cabeza, y cómo otro, pequeña cola de la órbita de diamantes, le cortaba el cuello, y otro más se le clavaba en el punto donde los humanos tenemos el corazón y demás tripas vitales.

Y en ese instante, frente a la sangre de Lederer derramándose y corriendo tras los diamantes en órbita, y tras los miembros rotos de las otras personas, de las duplicaciones de Manueles, de las Anas, de los niños, la máquina se apagó: respondiendo a la llamada de auxilio del 911 que marcó Sarah —nuestros gritos y la luminosidad de los diamantes voladores la habrían alertado— y probablemente también a las de otros vecinos, los bomberos acababan de irrumpir. Al mirar el resplandor de los diamantes correlones, creyéndolo fuego, lanzaron un chorro de agua directamente contra nosotros y contra las computadoras de Paul Lederer.

El agua apagó la maquinaria y con ella paró la danza de los diamantes, de los cuerpos rotos o no-rotos pero desnudos de sentido. Sólo quedaba la sangre del Lederer, su cuerpo mutilado por el filo de la carrera de los diamantes.

—Stop! —grité, desgañitado, enloquecido—. Stop!

No les hago el cuento largo: no hubo cómo salvarle la vida al Lederer. Su cerebro estaba agujereado, lleno de piquetitos, su cuello partido en tiras, desgarrado de pe a pa. Su corazón también había quedado roto. Era como si hubiera entrado a una moledora.

Por el agua con la que los bomberos bautizaron nuestro regreso al mundo, todo lo que habíamos trabajado hasta ese día chupó faros, valió madres, se fue a la verga. Todo, excepto, sí, la imagen de Ana volviéndose sabanitas, la que nos quiso comprar

Tigranes, porque la había dejado yo en mi casa, archivada en su falsa carpeta, guardada en su pequeña latita.

Fin

El millón de dólares que me pagaron sigue en el banco porque la interrupción del trabajo no fue imputable a mí. La Sariux negoció bien el contrato.

No he tenido corazón —o cabeza— para pensar en exhibir la "obra de arte" que es testigo del genio de Lederer. ¿Debiera hacerlo? Sarah se entera de que la tengo y seguro brinca sobre ella viéndole el obvio provecho económico que podríamos sacarle.

La he vuelto a ver muchas veces. Nunca le he sacado de casa, ni la he enseñado ya a nadie. La pequeña caja metálica que remeda el envase de caramelos basta para conservarla "viva". Como no soy crítico de arte no digo más. Pico de cera, pero el pabilo que esconde mi boca les jura que es algo excepcional.

Por el momento, aquí escribiendo, si es que esto es escribir, me desahogué. Me siento mejor: ya no podía más. Terminé de contarlo. Como dice la canción, *¡Suspiro - suspiro! - Suuuspiro yo, suuuspiro cuando me encuentro a mi amooor*. Lo que aquí dije ocurrió. Ya quedó atrás. Lo he dividido en capítulos para tomar el aire de vez en vez y para aparentar que es una ficción. Pero no es mentira, aunque darlo por imaginado me alivie. Ocurrió. Fue verdad. *Es* verdad. Por un pelo existió la novela perfecta.

Brooklyn, Nueva York, a 6 de enero del año 2005. Día de los Santos Reyes. ¡Que vivan Gaspar, Baltazar y Melchor!

Yo, Vértiz

Este libro terminó de imprimirse en junio de 2006 en Centro de negocios Pisa, S.A. de C.V., Salvador Díaz Mirón 199, col. Santa María la Ribera, 06400, México, D.F.

Certificado No. 02-2082

El enfermero abre la puerta, se baja, rodea la ambulancia, toca con los nudillos en la ventana del chofer. Cuando éste, lento, la abre, acaba de comenzar a sonar en la radio un narcocorrido, "En el panteón de mi pueblo / hay una tumba vacía / esperando que yo muera."

—Oye, güey —dice el enfermero.

—¿Quíhay?

—Voy aquí nomás a los de Génova, ¿de qué tus tacos?

—Tres, de maciza.

—¿Salsa?

—Roja, que no pique mucho.

—Ahora vuelvo, si siabre hazte a un lado, no tardo.

Y se echa a correr los muy pocos pasos que los separan del puesto de tacos instalado a media banqueta, las hojas de metal corrugado pintado de azul, con su letrero "reservado para la federación de invidentes" (aunque no haya asomo ninguno de invidentes), el tanque de gas salido. En su carrera, el enfermero esquiva la nube de vendedores ambulantes (el de billetes de lotería pregona con voz de barítono "¡lleeeve su suerte!, ¡lleeeve lleeeeve!", un hombre alto y vestido de traje anuncia con voz solemne el diccionario de español que trae en venta "paara laa ortograafía, paara peedir empleeeo", pero los más van silenciosos, enseñan a los automovilistas sus mercancías, chicles, refrescos, y mientras el enfermero se escurre, el Ojo de la novela se queda atorado en esta nube de mercaderes, revisándolos y observando sus mercancías, máscaras de luchador "para sus niños", manitas para rascarse la espalda, algodones de

Bailaré toda la noche hasta la madrugaa

Una vez más el acordioncito agudo. Fuit-guit-guit-güit... guot, guot:

Vamos a bailaaar

El chofer canta a voz en cuello, mientras fuma con el mismo entusiasmo sus cigarros Delicados.

Ahora estamos escuchando la cumbia adentro de la caja de la ambulancia, donde, sobre la camilla, el enfermero fornica con la doctora de emergencias. Él eyacula cuando termina la cumbia, ¡qué sincronía con la orquesta!, y ella, alisándose el cabello y escurriéndose a un lado, dice:

—Si de verdad era urgencia, los que llamaron ya se amolaron... ¿sabes qué era?

—Una andaba dando a luz...

—Pues ése ya nació.

—Sí, ya nació. En el camellón de Reforma. Fue niño. Esperan que lleguemos para cortarle el ombligo y llevárnoslos.

—¡En viernes por la tarde!

—Bueno, hija, qué quieres...

—¿Está bien la mamá?

—Una como de 13 años, todo está bien... —se asoma por la ventanilla posterior de la ambulancia hacia la calle—. Mira, hija, ahí está el puesto de tacos de Génova, ¿le entramos?

—¡Cómo crees! ¡Si vamos de urgencia!

—Hace quince minutos que no nos movemos un centímetro. Claro que me da tiempo de traernos unos tacos. ¿De qué los quieres?

—Dos de ojo con salsa roja y cilantro.

y que se suelta el tradicional chacatacata-chacataca-ta de toda cumbia, el chofer lleva el ritmo con las puntas de los dedos, tamborilea en el tablero, le bailan las manos. Chaca-chaca, menea la cadera, baila, baila... Y la cumbia se vuelve una especie de rap, un rap-cumbiado:

> La cumbia, la cumbia, la cumbia llena mi vida
> Esta noche saldré con mi novia a bailar
> Dejaré todo lo que tenga que hacer ahora
> Bailaré toda la noche hasta la madrugaa
> Escucho un susurro que a diario me llama
> Me estoy volviendo loco o qué pasará
> A un ritmo que te atrae que es difícil negarse
> Sólo bailando cumbia tranquilo puedo estar...
> Que viva la cumbia por siempre por siempre
> Sólo bailando cumbia tranquilo puedo estar
>
> Vamos a bailaaar, vamos a bailaaar la cumbia

Tin-ton-tan-tan, de nuevo las campanas. El acordeón, chichinchiiiinchin, el agudo del acordeón, uuioiooo,

> Mi lema es gozar hasta que el cuerpo aguante
> Soy hombre
> Nunca me he fastidiado
> Que viva la cumbia por siempre por siempre
> De todo lo que hago nunca me he arrepen-
>   tido
> El nombre de la cumbia tengo siempre en mi
>   mente

—Ya se murió el viejito que vivía aquí a la vuelta —dice el veterano de los botones—. Que yo sepa, no hay otro.

—Pregúntale si es urgente —dice allá otro recepcionista mientras busca en la computadora cuál habitación asignar al gringo de ojos de borrego fumigado.

—Que si es urgente.

—Sí, una urgencia.

—Vamos a llamar al Mocel, ¿le parece?

—¿No hay nada más cercano? Viernes en la tarde, el Mocel...

—Con suerte hay una ambulancia por aquí, déjeme intentarlo. Espere un momento, no cuelgue...

Y Ana se repega a la cara la bocina del teléfono, se abraza a sí misma, aún el cuerpo desnudo.

De nuevo el Ojo de la novela cruza la pared del cuarto, baja los siete pisos, se desplaza entre el atascón de automóviles, corriendo recorre seis cuadras, ve una ambulancia. La sirena está encendida. Adentro, en la cabina, en el radio encendido a todo volumen empieza la *Cumbia de los monjes*:

Vamos a bailaaaar

Imita la tonadita del canto monástico,

Vamos a bailaaaar, vamos a bailar la cumbia...
Vamos a bailaar, vamos a bailaar la cumbia.

Suenan campanas de iglesia,

Vamos a bailaar, vamos a bailaar la cumbia